Mit dem Herz einer Piratin

Frank M. Reifenberg

Mit dem Herz einer Piratin

Mit Bildern
von
Barbara Scholz

Thienemann

Für Sina.

Lissy setzte das Fernrohr ans Auge. Jeden Nachmittag lag sie hier auf der Lauer. Sie riskierte den dicksten Ärger mit Matze, aber sie wollte die Hoffnung noch nicht ganz aufgeben, beim Bau des Floßes mitmachen zu können.

Matze hatte es klar und deutlich gesagt: Der kleine Uferstreifen war mädchenfreie Zone, bis er mit seinen Jungs den Wettbewerb um das beste Floß würde gewonnen haben. Er konnte wirklich unangenehm werden, wenn nicht alle nach seiner Pfeife tanzten.

Eigentlich war Lissy ziemlich egal, was Matze sagte oder was er tat. Sie war sich sicher gewesen: Matze würde niemals etwas hinkriegen, das auch nur entfernt einem Floß ähnelte, irgendwann musste er sie um Hilfe bitten, schließlich kannte sie sich aus. Dann würde Matze nach ihrer Pfeife tanzen! Ein zufriedenes Lächeln umspielte Lissys Lippen bei dem Gedanken.

Im kreisrunden Ausschnitt der Linse erschien zuerst eines der vier alten Ölfässer. Sie waren an den Ecken einer hölzernen Plattform mit Seilen festgezurrt worden und sollten das Floß über Wasser halten. Drei Jungs zogen in der sengenden Hitze, so fest sie konnten, um das sperrige Ding ins Wasser zu bugsieren. Matze kommandierte herum, rührte aber selbst keinen Finger. Statt zu helfen, stellte er einem der anderen ein Bein.

Es war Tom, den Matze in den Sand des kleinen Strands befördert hatte. Tom erkannte man auf hundert Meilen, auch ohne Fernrohr. Sein Kopf stand geradezu in Flammen und zu allem Überfluss leuchteten seine gelockten Haare nicht nur orangerot, sondern reckten sich auch noch struppig in alle Himmelsrichtungen. Manchmal tat er Lissy ein wenig leid, weil er immer neue Spitznamen über sich ergehen lassen musste. Andererseits hatte Tom sich freiwillig Matze angeschlossen, da musste er ihr kein bisschen leidtun.

»So ein Mistkerl!«, flüsterte Lissy.

Matze hatte es wirklich wahr gemacht. Er hatte sich zum Floßbauwettbewerb angemeldet und er dachte gar nicht daran, Lissy zu fragen, ob sie mitmachen wolle.

Schon von Weitem erkannte sie, dass das Floß noch längst nicht stabil genug war. Die Tonnen baumelten viel zu locker an den vier Ecken. Am liebsten wäre Lissy aufgesprungen und hinuntergerannt. Wenn man sieben verschiedene Seemannsknoten beherrschte, waren die blöden Tonnen in einer halben Minute befestigt. Und Lissy konnte nicht nur sieben, sondern drei davon auch noch, ohne hinzuschauen! Aber Matze würde sich eher die

Hand abhacken, als Hilfe von einem Mädchen annehmen. Und am allerwenigsten von Lissy, auch wenn sie eigentlich gar nicht wie ein richtiges Mädchen aussah – das behauptete Matze jedenfalls.

Plötzlich verschwamm das Bild vor Lissys Auge. Die Hitze flimmerte über den aufgeheizten grauen Steinbrocken, mit denen die hölzernen Pfähle des Landungsstegs befestigt waren. Ein Schweißtropfen nach dem anderen kullerte ihr trotz der dicken schwarzen Brauen, die ihr manchmal ein so düsteres Aussehen verliehen, in die Augen hinein. Es brannte höllisch unter dem Lid. Kaum hatte Lissy die salzigen Tropfen mit dem Zipfel ihres Hemds aus dem einen Auge gewischt, perlten neue nach, zogen in kleinen Bahnen über Lissys Stirn und ätzten sich in die andere Pupille.

Schreie drangen hinauf zur Mole, hinter der Lissy sich versteckt hatte. Schnell duckte sie sich.

»Porca miseria!«

Das war unverkennbar die Stimme von Gio. Wenn der kleine Italiener sich aufregte, sprudelten die Worte meistens in der Sprache seiner Großeltern aus ihm heraus.

»Vorsichtig, sonst treibt das Ding ab«, warnte Ratte, der Vierte in Matzes Gang.

Mit dem Fernrohr in der einen Hand versuchte Lissy das Floß im Auge zu behalten. Mit der anderen fischte sie in der ausgebeulten Seitentasche ihrer viel zu weiten Hose nach dem roten Tuch, ohne das sie nie aus dem Haus ging. Eine kleine Bastelzange, Blumendraht, zwei verklebte

Streifen Kaugummi – alles Mögliche kam zum Vorschein, nur das Tuch nicht.

»Verflixt!«, stieß Lissy hervor.

Sie legte das Fernrohr neben sich. Es war eigentlich kein echtes Fernrohr, aber es sah aus wie eines. Lissy hatte es sich auf dem Schrottplatz selbst gebaut, aus alten Auspuffteilen, ein paar Rohrschellen und einer runden Glasscheibe, die sie im Keller gefunden hatte.

Lissy vergewisserte sich, dass ihr Fernrohr nicht in eine Spalte zwischen den Steinen, die von eingetrocknetem Schlamm und Algen überzogen waren, flutschen konnte.

Dann durchsuchte sie die anderen Taschen, bis das Tuch endlich in ihrem Rucksack zum Vorschein kam. Sie faltete es zu einem Dreieck und schlang es mit schnellen Griffen um die Stirn. Hinter dem Kopf knotete sie die beiden Enden zusammen. Wie ein Freibeuter, der sich bereit machte, gleich eine Fregatte der feindlichen Admiralität zu entern, hockte sie nun da.

Vorsichtig schlich sie den Weg hinter den alten Lagerhallen entlang, um ungesehen zu einem alten Holzschuppen zu gelangen. Er lag näher am Fluss, weil er dem Ruderclub als Bootshaus diente. Dort duckte sie sich in den Schatten und lauschte.

»Sorry, Matze«, entschuldigte sich Tom unten am Wasser kleinlaut.

Eines der Fässer hatte sich gelöst. Es schaukelte ein paar Meter weiter im Wasser.

»Trottel!« Matze setzte eine Colaflasche an den Mund, leerte sie mit drei gierigen Zügen und pfefferte sie danach quer über den Strand bis zum Bootshaus. Klirrend zerbarst das Glas am steinernen Sockel des Schuppens.

»Was heißt hier *sorry*!?«, blaffte Matze.

»Na ja, entschuldige.«

Matze lief augenblicklich rot an und packte Tom am Kragen. »Meinste, ich weiß nicht, was *sorry* heißt? Hältst mich wohl für verblödet, was?«

Ja, dachte Tom, für völlig, total und endlos verblödet! Aber er sagte lieber nichts. Mit Matze war nicht zu scherzen. Er war gut einen Kopf größer als Tom und ungefähr doppelt so breit und bestand nur aus Muskeln. Muskeln, die Tom sich auch wünschte, aber irgendwie wollten sie bei ihm nicht wachsen – trotz der Liegestütze, die er jeden Morgen machte. Matze lief immer mit nacktem Oberkörper herum, war braun gebrannt und hatte diesen Sommer schon im Juni hellblond ausgebleichte Haare, die er sich mit einem Einmachgummi zu einem Pferdeschwanz band. Sein T-Shirt steckte zur Hälfte hinten im Hosenbund, der Rest baumelte lässig auf Matzes Hintern hinunter.

Tom traute sich nicht einmal hier, bei der schweißtreibenden Arbeit, das Hemd auszuziehen. Er war nicht nur ein dürrer Hering, wie seine Tante immer sagte, sondern mehlweiß wie alle Rothaarigen, übersät von Sommersprossen und nach fünf Minuten in der Sonne krebsrot.

Er konnte von Glück reden, dass Matze ihn überhaupt mitmachen ließ. Immerhin winkten hundert Euro! Hundert für ihn, hundert für Ratte, hundert für Gio. Und zweihundert für Matze. Das war der Deal, so sollte das Preisgeld für den ersten Platz geteilt werden. Dass Matze, der am wenigsten arbeitete, den größten Anteil verlangte, war eine miese Ungerechtigkeit. Aber so war es eben: Matze war der Boss und der Boss bekam mehr. Immer schon, meinte Matze.

Genauso plötzlich, wie Matze sich Tom vorgeknöpft

hatte, ließ er ihn wieder los. Tom strauchelte rückwärts über die eigenen Beine und landete im Sand.

»Ratte, komm schon! Wir holen die scheiß Tonne raus«, rief Tom seinem Kumpel zu.

Ratte war schon immer Matzes Gehilfe gewesen. Wenn Matze den Schokoriegel von irgendwem haben wollte, musste er sich nicht selbst darum kümmern. Ratte besorgte alles und alle kuschten. Lieber bei Ratte abliefern als Matze ausgeliefert sein, so lief das. Ratte hieß eigentlich Ralf, aber weil er nie ohne Kowalski, seine zahme Ratte, anzutreffen war, nannten ihn eben alle Ratte. Außerdem hatte er genauso spitze Nagezähnchen, direkt vorne in der Mitte, und er sah Kowalski damit auch noch ähnlich.

»Hier, halt mal!« Ratte hielt Gio seinen pelzigen Freund hin. »Der kann nicht schwimmen.«

Gio ging es gewöhnlich nicht besser als Tom. Er durfte nur mitmachen, weil seine Mutter in der Eisdiele arbeitete: Wenn der Chef nicht da war, bedeutete das Eisbecher für alle. Für lau.

»Bah, nimm das Biest weg«, sträubte sich Gio.

»Nichts da!« Matze warf sich rücklings auf den Boden und rekelte sich gemütlich. »Das muss Tom schon schaffen. So viel Kohle will verdient sein!«

»Du hast es gehört, Tom.« Ratte setzte Kowalski wieder auf seine Schulter.

Tom watete ins Wasser.

»So ein Schwachsinn«, murmelte er. »So ein bekloppter

Schwachsinn! Statt das Ding an Land erst einmal ordentlich zusammenzubauen …«

»Ist was?«, rief Matze ihm nach.

Tom schüttelte den Kopf. Er wusste, dass Matze es kaum abwarten konnte, wie ein Admiral auf den schwankenden Planken zu stehen und von dort aus die anderen herumzukommandieren. Mit ein paar kraftvollen Zügen schwamm Tom bis zu der Tonne. Keuchend schob er das schwere Eisenfass zurück zur Plattform, die am Ufer dümpelte. Er stemmte sich hinauf.

Im Sitzen schlang er ein Tau um die Tonne und zog sie näher heran. Dabei musste er das Fass mit dem Fuß hinunterdrücken, um den Auftrieb so weit wie möglich zu überwinden. Erst beim zweiten Versuch gelang es Tom, das Seil um einen der Baumstämme zu wickeln, die als Rahmen die Deckplanken zusammenhielten. Fast hatte er es geschafft, als sein nackter Fuß von der schlüpfrigen Oberfläche der Tonne abrutschte. Wie eine Rakete schoss das leere Fass nach oben und prallte zwischen Toms Beine.

Er verlor das Gleichgewicht und stürzte von der Plattform. Sein Hinterkopf knallte auf die Holzplanken und eine Sekunde später war Tom im schmutzig grünen Wasser des Flusses verschwunden.

Toms roter Schopf tauchte nicht wieder auf.

Tut doch was!, dachte Lissy. Sie wartete einen Moment. Panik stieg in ihr hoch.

Ratte und Gio waren aufgesprungen, aber Matze blieb mit gelangweilter Miene liegen und zog mit den Fingern Kreise in den Sand.

»Verdammt!«, rief Lissy und rannte, so schnell sie konnte, zum Floß. »Tom, komm schon! TOM!«, schrie sie im Laufen. »Mensch, Matze, tu doch was!«, schnauzte sie den Boss der Gang an, als sie schnaufend am Wasser ankam.

»Tu doch selbst!«, gab Matze cool zurück.

Lissy verharrte einen Fingerbreit vor der Wasserlinie. Verzweiflung kroch in ihr hoch. »Es ist nicht tief«, machte sie sich leise Mut. »Man kann nicht darin ...« Sie trat einen Schritt vor. Das Wasser schwappte über den Rand ihrer Turnschuhe. »Tom, bitte«, floss es ihr jämmerlich über die Lippen.

Die Tonne hatte Tom hart getroffen, vielleicht war er bewusstlos, vielleicht gluckerte die braune Brühe schon in seine Lungen!

Im selben Moment schoss Tom prustend aus dem Wasser. »Hey, wolltet ihr Sackgesichter mich absaufen lassen?«, rief er nach Atem ringend. »Wisst ihr, wie lange ich da unten die Luft angehalten habe?«

Ratte und Gio brachen in Gelächter aus.

»Selber Sackgesicht«, jauchzte Gio, dabei hatte Lissy gesehen, dass er sich mindestens so sehr erschreckt hatte wie sie selbst.

Matze spuckte in den Sand und stieß ein verächtliches »Weiber!« aus.

»*Tom, biiitte!*«, äffte Ratte sie nach.

Der Schweiß strömte Lissy über die Wangen. Auch das Tuch auf ihrem Kopf konnte ihn nun nicht mehr halten. Sie zog sich den Stoff von ihrem rabenschwarzen Schopf und wischte sich durchs Gesicht. Nein, sie würde ihnen nicht den Gefallen tun und aus der Haut fahren oder gar heulen! In ihr brodelte es, aber nach außen hin ging Lissy seelenruhig zu dem Floß, das Ratte, Gio und Tom ans Ufer gezogen hatten, so weit, dass es mit einer Ecke sicher im Sand lag. Mit wenigen geübten Griffen befestigte Lissy die Tonne, zurrte das Seil fest, schlang es noch einmal um das Fass und zog kräftig daran. Der Knoten hielt wie eine Eins.

»Finger weg!«, fuhr Matze sie an. »Für Ischen kein Zutritt! Verstanden? Unter Weiberröcken schleicht sich das Unglück an Bord, alte Seefahrerregel!«

»Siehste hier irgendwo einen Weiberrock?«, fragte Lissy, ohne eine Miene zu verziehen.

»Leider nicht!« Matze schnalzte mit der Zunge. »Ich seh nur eine schmuddelige Schlampe in Baggys und einem Hemd, das nicht mal mein Opa anziehen würde!«

Er zog Lissy an ihrem Hemd vom Floß weg. Der Knoten auf ihrem Bauch öffnete sich und ein Knopf sprang ab. Für einen Wimpernschlag stand Lissy wie versteinert da. Das Hemd war weit genug offen, um den Jungs den vollen Blick auf ihren Oberkörper zu gewähren – auf ihren unbedeckten, entblößten, nackten Oberkörper. Eine Welle der Wut überschwappte sie. Ein Gefühl, das sie nur zu gut kannte. Sie war oft wütend, aber das hier war anders. Sie fühlte sich hilflos und ausgeliefert. Obwohl sie am liebsten Matze an die Gurgel gesprungen wäre, konnte sie sich nicht rühren.

»Hey, die sind ja nicht mal so groß wie 'ne Haselnuss!«, blökte Matze.

Jetzt brachen doch die Tränen aus ihr hervor. Lissy raffte die Enden des offenen Hemdes zusammen, knöpfte sie hektisch zu, verhedderte sich. Sie rannte zum Bootshaus, sammelte ihr Fernrohr und ihren Rucksack auf und machte sich schnell aus dem Staub.

»Siehste, heulen, tratschen und Ärger machen, das können sie!«, rief Matze ihr nach.

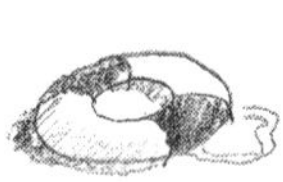

Außer Atem stolperte Lissy hinter das Bootshaus. Im Schutz des morschen Kastens hielt sie kurz inne, knöpfte sich das Hemd ordentlich zu und steckte es tief in die Hose. Sie wischte sich die Tränen aus dem Gesicht. Nie, nie zuvor war sie sich so mies behandelt vorgekommen wie an diesem Tag.

»Dafür wirst du mir büßen, Matze!«, schwor Lissy sich.

Auf der Uferstraße brummte ein Bus der Linie 136 heran. Lissy trat einen Schritt vor, duckte sich aber gleich wieder hinter die kleine Rampe, über die die Boote des Rudervereins auf ihren Anhängern in den Schuppen geschoben wurden. Schon von Weitem erkannte sie, wen der Bus ausspucken würde: Jule. Und in deren Schlepptau Vanessa. Die hatten Lissy gerade noch gefehlt!

Natürlich hielt der 136er nicht an der Haltestelle, sondern direkt am Zugang zu dem kleinen Strand. Das war zwar verboten, aber Jule bekam alles, was sie wollte, und zweihundert Meter zu gehen waren für die zarten Füßchen in ihren hohen Riemchensandalen natürlich eine Zumutung. Wie immer kam kein Fetzen an Jule ohne das Logo eines teuren Herstellers aus. Ihr hellgrünes Top enthüllte mehr, als es bedeckte.

Leider musste Lissy zugeben, dass es auch schon einiges zum Enthüllen gab. Obwohl Jule kaum ein Jahr älter als sie war! Die blonden Haare hatte sie am Hinterkopf zu einem strengen Knoten gezurrt, womit Jule mindestens wie dreizehn oder sogar vierzehn wirkte.

Lissy drückte mit der Schulter gegen die schmale Seitentür des Schuppens. Es brauchte kaum Kraft, um die verzogene Tür aufzustoßen. Sie huschte hinein. Stickige, aufgeheizte Luft empfing sie im Inneren und trieb ihr gleich wieder den Schweiß auf die Stirn. Im Grunde war es Lissy egal, was Jule über sie dachte. In diesem verheulten Zustand jedoch sollte Jule sie auf keinen Fall sehen. Sie schlüpfte unter den Achterbooten hindurch und presste ihr Auge an einen Schlitz in der Bretterwand.

Draußen warf Jule den Kopf in den Nacken und lachte ihr gekünsteltes Hollywood-Star-Lachen. Ihre Freundin Vanessa zog nur gelangweilt die Augenbrauen hoch. Besonders wegen des identischen Dutts am Hinterkopf war Vanessa fast eine Kopie von Jule. Sie trugen beide ihre Sporttaschen über der Schulter. Wahrscheinlich kamen sie gerade vom Training.

Wasserballett! Etwas Alberneres konnte Lissy sich kaum vorstellen: Mit einer Klammer auf der Nase und einem eingefrorenen Lächeln die Beine in die Luft strecken und unter Wasser blöde Figuren machen!

»Einen wie meinen Matze kriegt halt nicht jede!«, hörte Lissy Jules piepsige Stimme. Ihre Stimme war eigentlich gar nicht so hoch, aber immer wenn Jule sich besonders hervortun wollte, verfiel sie in dieses Gequietsche. Oder wenn Jungs in der Nähe waren.

Über Vanessas Gesicht huschte ein böses Lächeln. Sobald Jule sich zu ihr umdrehte, setzte Vanessa ihr dümmliches Grinsen auf.

»Meinen Matze!«, schnaubte Lissy leise und setzte sich,

mit dem Rücken an die Wand gelehnt, auf den Boden. »Den will ich nicht geschenkt! Heimzahlen werde ich's ihm!« Sie wischte sich den Schweiß und die Tränen aus dem Gesicht.

Plötzlich geriet der Ständer mit den aufgestapelten Booten ins Wanken. Lissy duckte sich und konnte gerade noch den losen Paddeln ausweichen, die keine zehn Zentimeter neben ihr krachend auf den Boden schlugen. Eine Staubwolke quirlte auf. Die winzigen Körnchen tanzten in den schmalen Streifen der Sonnenstrahlen, die sich durch die Ritzen in der Wand schmuggelten. Sie zerschnitten den Raum, als hätte jemand hauchdünne Folien aus Licht aufgespannt.

Ein trockenes Husten erschreckte Lissy.

»Wer ist da?«, blaffte sie.

Sie kniff die Augen zusammen, um im Dämmerlicht besser zu sehen. Mit der rechten Hand suchte sie ihre Hosentasche nach dem Schweizer Messer ab, das Onkel Fred ihr zu Weihnachten geschenkt hatte.

»Tut mir leid, Lissy!«, stammelte jemand und im nächsten Moment schob sich ein roter Feuerkopf hinter den Booten hervor.

»Tom?« Lissy atmete tief durch. Sie steckte das Messer wieder weg. »Was hast du hier zu suchen?«

»Weiß doch jeder, dass die Tür nicht abgeschlossen ist«, murmelte Tom. »Ich wollte Matze 'n Schreck einjagen, nicht dir. Echt, ey!«

»*Echt, ey*? Was echt?! Echt Scheiße! Was zum Teufel

rennst du diesem Arschgesicht nach, he? Kann nicht bis drei zählen ...«

»Er ist der Boss.« Tom vergrub die Hände in den Taschen seiner kurzen Hosen, von der herab das Wasser auf den Boden tropfte und sich dort zu einer Pfütze sammelte. »Das Mindestalter für den Wettbewerb ist sechzehn«, entschuldigte er sich kleinlaut.

»Und das reicht schon, um Männchen zu machen, wenn Matzefratze pupst?«

»Das musst gerade du sagen. Du würdest doch selbst alles tun, um das Floß ...«, begann Tom wütend, brach jedoch mitten im Satz ab. »Wenn du willst, werd ich Matze ...«

»Ich will, dass du abhaust.«

»Tom!?«, drang Matzes ungeduldige Stimme von draußen herein.

»Herrchen ruft!«, sagte Lissy. Kaum war es ihr so verächtlich über die Lippen geflutscht, ärgerte Lissy sich auch schon. Eigentlich mochte sie Tom. Sie hatte ihn sogar einmal mit in ihr Versteck auf dem Schrottplatz genommen.

Tom holte tief Luft, brachte aber nicht mehr als ein staubtrockenes »Hmrrpf« hervor. Er scharrte noch zweimal verlegen mit dem Fuß, als jedoch ein weiterer, böser Ruf von Matze ertönte, machte er sich schleunigst aus dem Staub.

»Verdammt!«, zischte Lissy. Wütend trat sie gegen die Wand der Hütte. Mit einem Krachen durchbrach ihr Fuß das Holz. Ihr Bein ragte an der anderen Seite hinaus, ein langer Riss durchtrennte ihr Hosenbein, die splittrigen Latten kratzten ihre Wade blutig. Vorsichtig zog sie das Bein zurück und wand das rote Tuch um die Wunde.

»Autsch!«, quetschte sie leise hervor. Erschöpft sank Lissy auf den staubigen Boden.

Tom stapfte zurück zum Wasser. Warum brachte er kaum ein vernünftiges Wort über die Lippen, wenn er vor Lissy stand? Es war immer dasselbe und jetzt auch noch das! Hinterherlaufen und stottern, das konnte er. Statt Matze eine zu scheuern, als der Lissy dermaßen gemein behandelt hatte. Oder wenigstens Gio für sein Gekicher in den Hintern zu treten!

»Nun hilf schon! Das Deck muss heute noch fertig werden!«, rief Matze, rührte jedoch selbst keinen Finger, sondern wendete sich Jule zu.

Jule tippelte aufgeregt von einem Bein auf das andere. Sie setzte einen Fuß auf die Plattform.

»Hey, für Ischen kein Zutritt«, wies Ratte sie zurecht.

»Wer hier Zutritt hat oder nicht, bestimme immer noch ich!« Matze sprang an Land.

Tom verdrehte die Augen. Jule und Matze. Pest und Cholera hatten sich getroffen. Geh doch mit der Ziege knutschen, dachte Tom.

Als hätte er Toms Gedanken gelesen, zog Matze seine Freundin zur Seite. Jule war so mit sich und ihren Lippen, über die sie ständig mit der feuchten Zunge fuhr, beschäftigt, dass sie die Blicke, die zwischen Vanessa und Matze hin- und herflogen, nicht bemerkte.

»Sehen wir uns heute Abend?«, säuselte Jule.

Matze schüttelte den Kopf. »Du siehst doch, keine Zeit. Ich will den ersten Platz im Wettbewerb machen!«

»Du und dein blödes Floß!«, maulte Jule.

Mit Lissy hätte Matze so ein Gezeter nicht, dachte Tom. Er verscheuchte den Gedanken sofort, als er sich vorstellte, dass Matze an Lissy so rumfummelte, wie er es gerade bei Jule versuchte. Er selbst würde das nie wagen, nicht in aller Öffentlichkeit. Saupeinlich war das!

»Komm schon, Prinzesschen.« Matze zog Jule mit seinen starken braunen Armen näher an sich. »Wenn das Floß fertig ist, taufen wir es auf deinen Namen. *Princess Julia,* wie findest du das?«, flüsterte er ihr ins Ohr, wobei er die Fingerspitzen auf ihrem Rücken langsam unter ihr Shirt gleiten ließ. »Ich *muss* diesen Wettbewerb gewinnen. Und denk an die fünfhundert Eier für den ersten Platz. Was wir damit machen können ...« Bei jedem zweiten Wort spielte er mit der Lippe für den Bruchteil einer Sekunde an ihrem Ohrläppchen.

Jule warf kichernd den Kopf in den Nacken.

»Nur wir beide?«, hauchte sie.

»Nur wir beide!«, bestätigte Matze. »Ganz alleine.« Er zog sie noch ein bisschen näher an sich und küsste sie auf die nackte Schulter.

Mit jedem Schritt übersprang Lissy zwei Stufen. Sie rannte die Treppe des grauen Mietshauses hinauf, in dem sie seit etwas mehr als einem Jahr wohnten.

Jemand hatte Kohlrouladen gekocht. Der muffige Geruch waberte noch durch das Treppenhaus des vierstöckigen Gebäudes. Lissy hasste Kohl, und Hackfleisch hasste sie erst recht. Dass neuerdings in allen Nachrichten von verdorbenem Fleisch aus den Regalen der Supermarktketten die Rede war, bestätigte ihre Ansicht. Alles Fleisch von toten Tieren war Gammelfleisch. Wenn man die Tiere in Ruhe ließ, konnte auch nichts gammeln!

Kaum hatte Lissy den Schlüssel herumgedreht, hörte sie schon die gereizte Stimme ihres Vaters: »Du hast mir versprochen die Finger von meinen Klamotten zu lassen!« Er saß am Küchentisch, im Unterhemd und in seiner dunkelblauen Uniformhose. Das dazugehörige Jackett des Kaufhaus-Wachdienstes hing auf einem Bügel an der Tür. Barfuß sprang er auf und zupfte an Lissys Hemd. »Nicht die

Blauen, verstehst du das nicht? Nicht die Blauen!«, betonte er jedes Wort noch einmal. »Die brauche ich für den Dienst. Die Flecken kriegen wir bestimmt nie wieder raus! Du hast es hoch und heilig versprochen!«

»Nur hoch, nicht heilig! Wir sind aus der Kirche ausgetreten.« Sie hatte vor der Tür noch bis zwanzig gezählt und sich fest vorgenommen, keine schnepfigen Bemerkungen zu machen, egal was er ihr vorwerfen würde. Aber in letzter Zeit vergaß sie solche Vorsätze, sobald Pop in diesem Ton mit ihr redete.

Lissy riss den Kühlschrank auf, holte sich eine Milchflasche aus dem Fach in der Tür und setzte sie an den Mund.

»Wir sind hier nicht in einer Hafenspelunke auf Tortuga.« Er knallte ihr ein Glas auf den Tisch. »Und du solltest wirklich den Ball flach halten! Frau Wessendonck hat angerufen.«

Daher wehte also der Wind!

»Och, Popilein ...«

»Spar dir das Popilein! Ich komme extra in der Mittagspause nach Hause und wer sitzt nicht in seinem Zimmer und büffelt?«

Er meinte es ernst. Wenn ihr Vater, ohne Luft zu holen, redete, wenn er ihr ins Wort fiel und wenn sie nicht einmal seinen Kosenamen benutzen durfte, dann brannten die Segel.

»Popi ... Papa! Die Wessendonck ist doch nur sauer, weil sie so schlecht erklären kann.«

Sie hatte ihm nie gesagt, dass sie *Pop* meistens mit *pausenlos ohne Plan* übersetzte, aber gerade das mochte sie an ihrem Vater, dass er alles war, was Väter nicht sein sollten. Unordentlich, chaotisch und voller verrückter Ideen. So verrückt, dass Lissy sich schon manches Mal fast einen etwas spießigeren Pop gewünscht hätte. Jetzt allerdings war er wie alle Väter, jedenfalls so, wie Lissy sich andere Väter vorstellte.

»Elisabeth Besserwisserwurst, ich habe die Nase gestrichen voll. Schieb nicht immer alles auf die anderen. Du solltest *einmal* die Dinge selbst in die Hand nehmen. Und dann auch dafür geradestehen!«

»Kein Mensch kann Rechenaufgaben lösen, wenn Loch Wess sie erklärt hat!«

»Du hast seit vier Wochen so gut wie gar keine Hausaufgaben gemacht. Du spazierst hier frech von draußen herein, obwohl du schon seit mindestens zwei Stunden an deinem Schreibtisch sitzen solltest. Mein Hemd sieht aus wie ein Putzlappen. Willst du, dass ich schon wieder nach einem neuen Job suchen muss? Ich dachte, es gefällt dir hier!« Er verstummte.

Beklemmende Stille machte sich breit.

Das war nicht in Ordnung. Unfair war es. Als ob es ihre Schuld war, dass sie alle naselang umziehen mussten! Achtmal seit dem Unglück. Es brodelte in Lissy, aber sie biss sich auf die Lippen. Schweigend verließ sie die Küche.

»Wo willst du hin?«, rief Pop ihr nach.

»Hausaufgaben machen!«, schrie Lissy und knallte die Tür ihres Zimmers hinter sich zu.

Kaum war die Tür hinter Lissy ins Schloss gefallen, sprang Pop auf und trat wütend gegen den Kühlschrank. »Flitzekacke, verfluchte Flitzekacke«, presste er durch die Zähne und schrie dann laut: »Aua!«

Sein nackter dicker Zeh des rechten Fußes lief in Sekundenschnelle blau an. Er hüpfte auf dem anderen Bein zum Küchenstuhl und plumpste darauf.

Warum bloß endeten seit einiger Zeit alle Versuche, mit Lissy zu reden, mit Türknallen und Zähneknirschen? Seine Tochter hatte schon immer einen eigenen Kopf, nein, sie hatte einen kleinen Dickschädel, den man ihr von Zeit zu Zeit gehörig zurechtrücken musste. Aber gerade das liebte er an ihr und bisher waren sie doch irgendwie klargekommen, auch wenn es nicht immer leicht war, Lissy alleine durchzubringen.

Äußerlich ähnelte Lissy ihm selbst, die gleichen dicken schwarzen Augenbrauen, die struppigen Haare, die kleine, spitze Nase über den keck aufgeworfenen Lippen. Im Herzen trug sie die Verwegenheit ihrer Mutter, den Eigensinn und die Beharrlichkeit, so lange an Dingen festzuhalten, bis bewiesen war, dass sie im Recht war – oder auch nicht. Manchmal beneidete er sie darum.

Vorsichtig setzte er den Fuß mit dem angeschlagenen Zeh auf und humpelte in den Flur. Er legte die Hand auf die Klinke von Lissys Tür, zog sie aber wieder zurück. Leise zählte er bis zwanzig, das half immer, um den ersten Ärger zu vertreiben und keine Dinge zu sagen, die man später bereute. Pop war noch nicht bei sieben angekommen, da wirbelten die Gedanken schon wieder durch sein Gehirn.

Er hätte ihrem Drängen einfach nicht nachgeben dürfen. Seit er Lissy erlaubt hatte die Ferien mit seinem Bruder Fred zu verbringen, hatte er keine Ruhe mehr. Auf dem Fluss, auf Freds Frachtschiff, drei Wochen auf dem Wasser. Es war Lissys größter Wunsch, seit sie ihre Begeisterung für Freibeuter, Korsaren und Piraten entdeckt hatte, aber alle Wünsche gingen nun mal nicht in Erfüllung! Er selbst würde kein Auge in diesen Wochen zutun, dessen war er sich ziemlich sicher.

Nun drückte er die Klinke doch hinunter und schob die Tür vorsichtig einen Spaltbreit auf.

»Pop!«, tönte es vorwurfsvoll von drinnen.

Pop zuckte zurück. »Sorry«, murmelte er.

Sein Blick fiel auf das Schild, das er seiner Tochter aus dem Landratsamt, in dem er fast ein Jahr Hausmeister gewesen war, mitgebracht hatte. Rot umrahmt stand dort:

Für Unbefugte verboten – Eintritt nur nach Aufforderung! Er klopfte dreimal schnell, dreimal langsam. Das war das zwischen ihnen vereinbarte Zeichen für dringende Fälle.

»Herein!«, erklang es mürrisch auf der anderen Seite der Tür.

»Hey, neu?«, fragte er, als er das alte, löchrige Fischernetz über Lissys Bett entdeckte. Sie hatte es mit getrockneten Seesternen und Muscheln geschmückt. »Wo hast du das denn her?«

»Gefunden.« Lissy schaute nicht von ihrem Schulheft auf.

»Aha, gefunden.« Weitere Fragen verkniff er sich. Ihr Zimmer war ihr Reich. Sie hielt es halbwegs sauber, und sofern die Dinge, die sie mitbrachte, nicht brannten, scharf, explosiv oder lebendig waren, durfte Lissy es einrichten, wie sie allein es wollte. So war der Handel. »Kannst du mittlerweile alle?« Er deutete auf das Plakat, auf dem die wichtigsten Seemannsknoten abgebildet waren. Lissy hatte es gleich übers Bett neben das Poster ihres aktuellen Favoriten gehängt: Johnny Depp. Er blinzelte Pop als verwegener Pirat der Karibik an.

»Hmhm.«

Das war seine Tochter. Alle Versuche, ein bisschen auf gut Wetter zu machen, scheiterten in solchen Momenten. Ganz oder gar nicht. Keine Kompromisse.

»Ich dachte, du sitzt an deinem Schreibtisch und lernst, wenn ich nachmittags arbeiten muss. Aber was machst du? Du treibst dich rum.«

»Tu ich gar nicht. Ich war …« Sie hielt inne, klappte das Mathematikbuch geräuschvoll zu und stand auf. Mit einem starren Blick aus dem Fenster fuhr sie fort: »… auf Herrn Budenkötters Schrottplatz. Kleinteile sortieren. Ich kriege eben nicht alles hinterhergeworfen wie Jule von ihrer Mutter. Jule hat sogar ein eigenes Handy! Natürlich das allerneueste Modell!«

»Jules Mutter ist die Direktorin des Kaufhauses und ich bin der Wachmann. Sie verdient das Fünffache von meinem Lohn. Oder mehr.« Pop schüttelte den Kopf. »Willst du mich nicht verstehen? Ich habe mir Sorgen gemacht, Lissy!«

»Um mich musst du dir keine Sorgen machen, ich komme gut alleine zurecht!«

»Das seh ich!« Erst jetzt entdeckte er ihre zerrissene Hose und die rostroten Flecken darauf. »Was ist passiert? Zeig her!«

»Nichts! Am Bauzaun hängen geblieben!«

»Nichts ist anders! Bist du eigentlich gegen Tetanus geimpft? Wenn du eine Blutvergiftung …«

»Pop!«, rief Lissy. »Das fragst du jedes Mal. Ich bin vor drei Monaten geimpft worden.«

Jetzt erinnerte er sich. Seine Tochter hatte im Streit mit Tom oder Tim, jedenfalls mit einem Jungen aus ihrer Klasse, beweisen wollen, dass man ohne Hilfsmittel auf das Beethovendenkmal in der Fußgängerzone steigen konnte, und war abgestürzt – allerdings nur, weil eine Taube ihr in die Hand gepickt hatte.

»Warte«, befahl er ihr und holte den Verbandskasten aus dem Badezimmer.

Als er wieder zurückkam, stand Lissy mit dem Plastiksäbel, der früher über ihrem Bett hing, vor ihm und lieferte ihm ein Luftgefecht. »Siehste! Halb so schlimm, geht besser als mit deinem blauen Zeh!« Sie sprang Pop mit einem Ausfallschritt entgegen, schrie »Touché!« und säbelte ihm den Verbandskasten aus der Hand.

Pop stieß einen Schrei aus, wollte losschimpfen, verschluckte aber die Zurechtweisung lieber. Meine Lissy, dachte er, macht auf ganz erwachsen und ist eigentlich doch noch ein Kind! Und er war froh darum. »Setz dich und halt still.«

Sie gehorchte murrend und zuckte nur kurz, als Pop die Wunde mit einer braunen Tinktur desinfizierte. Die Mullbinde, mit der er ihr Bein umwickeln wollte, nahm sie ihm aus der Hand. »Papa! Da reicht ein Pflaster!«

Pop setzte sich neben seine Tochter auf das niedrige Bett. Er griff nach dem sorgsam gerahmten Foto auf dem kleinen Eichenfass, das Lissy als Nachttisch diente. Der Stapel Bücher, der darauf lag, kam ins Wanken. Polternd fielen die Abenteuerromane auf den Boden. *Die Schatzinsel*, *Captain Blood*, *Sir Francis*

Drake – Pirat Ihrer Majestät, stand auf den Rücken der Schmöker, die Lissy geradezu verschlang.

»Ich lass deine Hemden wirklich in Ruhe, demnächst«, presste sie hervor. »Also, ab sofort, meine ich.«

Er konnte sich ein Lächeln nicht verkneifen. »Ach, die Hemden, Lissy, darum geht es doch gar nicht. Und ich gebe dir auch nicht die Schuld, dass wir ein bisschen Pech hatten ...« Pop korrigierte sich: »Dass *ich* mit meinen Jobs ein bisschen rumgemurkst habe. Aber es geht so nicht weiter, Lissy. Wenn du das Schuljahr versemmelst, ist Schluss mit lustig.« Das Foto, auf dem er selbst mit Lissys Mutter und seinem Bruder auf dessen Frachter zu sehen war, wanderte aufgeregt von einer Hand in die andere. Endlich stellte er es entschlossen auf den Nachttisch. »Ich stehe zu meinem Wort, aber entweder du wirst nun langsam vernünftig oder die Ferien mit Onkel Fred sind gestrichen. Finito Elbe, nix Frachter, nix Piratin. Alles klar?«

»Du suchst doch nur einen Vorwand!«, brauste Lissy

auf. »Damit du mich nicht aufs Schiff lassen musst. Deine blöde Angst! Och, Popilein!«

»Tut mir leid, aber ich hab schon ein paar Augen zu viel zugedrückt.« Er stand auf und ging hinaus.

»Flitzekacke!«, hörte er hinter sich den Fluch seiner Tochter.

Im Schlafzimmer schnappte er sich das erstbeste Hemd aus dem Schrank und beeilte sich zur Arbeit zu kommen. Er würde sowieso schon Probleme haben, seiner Chefin zu erklären, warum er zwei Stunden zu spät zum Dienst erschien.

Schnell durchquerte Lissy die Küche. Am Fenster schob sie Daumen und Zeigefinger der rechten Hand zwischen zwei Lamellen der Jalousie, sodass sie hindurchlinsen konnte. Von hier aus hatte sie den ganzen Hinterhof samt den überdachten Stellplätzen für die Autos im Blick. Gerade trat Pop aus der Hintertür des Wohnblocks in das gleißende Sonnenlicht.

Lissy warf die Hand vor den Mund. Sie konnte sich ein Kichern kaum verkneifen und trat schnell einen Schritt zurück. Das bunte Hawaiihemd ihres Vaters leuchtete im Grau-in-Grau des Hofes wie ein Feuerfisch im Sardinenschwarm. Sie musste es zugeben: Das war mit Sicherheit nicht der perfekte Aufzug für einen Furcht einflößenden Wachmann!

Sie sah, wie er zur Box mit dem blauen Renault 4 ging. Ihr Vater liebte dieses Auto, das schon über zwanzig Jahre vor Lissys Geburt gebaut worden war. Die Karre tat selten ihren Dienst. Wenn sie überhaupt fuhr, spuckte und zischte sie. Auch heute sprang die Kiste wieder nicht an.

Pop stieg aus und hatte schon zu dem üblichen Tritt gegen den Hinterreifen ausgeholt. Dann aber erinnerte er sich wohl an seinen blauen Zeh und stapfte zur Straße, wo nur ein paar Meter weiter eine Bushaltestelle war.

Lissy setzte sich an ihren Schreibtisch. Sie schlug das Mathebuch auf, aber schon von der ersten Aufgabe hatte sie keinen blassen Schimmer. »*Wenn aus einem Wasserhahn in 2 Minuten 9 cm³ Wasser tropfen. Wann ist ein 0,3-l-Glas gefüllt?*«, murmelte sie.

Es war hoffnungslos, die Versetzung war nicht mehr zu schaffen! Loch Wess hatte Lissy schon immer auf dem Kieker, sie würde schon einen Weg finden, ihr doch noch eine Fünf in Mathe zu geben. Wütend legte Lissy die Beine auf den Tisch und pfefferte das Mathebuch in die Ecke. Vielleicht sollte sie es mit Geschichte versuchen?

»Drei drei drei – Issos Keilerei. Sieben fünf drei – Rom kroch aus dem Ei!«, sprach sie sich leiernd vor, aber auch hier kam sie schon nach der zweiten Geschichtszahl ins Stocken.

Das hatte Pop ihr empfohlen. Eselsbrücken nannte er die Sprüche, doch selbst mit Eselsbrücken vergaß sie drei Viertel der Daten. Vielleicht war es nämlich auch umgekehrt: Drei drei drei – Rom kroch aus dem Ei und sieben fünf drei – Issos Keilerei. War die Schlacht von Issos nun im Jahr 333 oder 753? Und war es vor oder nach Christi Geburt? »Keine Ahnung!«, schrie Lissy.

Herr Wiesel, der Geschichtslehrer, hatte immerhin nichts gegen Lissy. Er hatte gegen niemanden etwas. Er war langweilig und noch langweiliger war sein Unterricht, das war alles. Wenn er nur irgendetwas durchnehmen würde, das Lissy interessierte. Immer die alten Römer, und wenn die nicht dran waren, waren es die alten Griechen. Geschichte, Latein und Griechisch waren eben die Fächer von Herrn Wiesel. Auch das Geschichtsbuch flog nun in die Ecke.

Lissy kramte aus dem umgekippten Stapel neben dem Bett ein dickes Buch mit einem in goldenen Buchstaben gedruckten Titel, der schon sehr abgeblättert war. Sie hatte es in einem Trödelladen gefunden zwischen lauter alten Schinken, ledergebunden und verstaubt. Sie hatte keine zehn Euro dafür bezahlt.

Es musste schon sehr alt sein, denn die Schrift hatte zwar Ähnlichkeit mit der, die man für heutige Bücher verwendete, aber sie war sonderbar eckig. Die Bedeutung mancher Buchstaben konnte Lissy sich nur zusammenreimen. *Umfassende Geschichte der Räubereien und Mordtaten der berüchtigten Piraten* stand dort, von *Daniel Defoe, auch bekannt als Captain C. Johnson*. Eine kleine Unterzeile wies darauf hin, dass er sein Buch erstmals im Jahre 1724 veröffentlicht hatte.

Der Gang der Geschichte wäre besonders in den übersee-

ischen Kolonien der großen Mächte des sechzehnten und siebzehnten Jahrhunderts anders verlaufen, wenn es nicht Piraten, Seeräuber, Freibeuter gegeben hätte, stand im Kapitel, das die Überschrift *Vorwort des Herausgebers* trug und der Autor fuhr fort: *Während der gemeine Pirat auf eigene Faust die Meere unsicher machte, gingen die Freibeuter sogar mit der offiziellen Genehmigung ihrer Könige, den Kaperbriefen, auf Raubzug. Sir Francis Drake, Freibeuter der englischen Königin Elisabeth I., ist nur einer von vielen und seine Taten sind in den historischen Archiven gesammelt und bewiesen.*

Lissy stutzte.

Gang der Geschichte, las sie noch einmal und: *in den historischen Archiven gesammelt und bewiesen.*

Das war Geschichte, wie sie Lissy gefiel, und es war wirklich Geschichte und kein Kram aus Abenteuerromanen! Das war *die* Idee, wie sie die Fünf in Geschichte vielleicht noch verhindern konnte!

Die Abendsonne tauchte den Hinterhof in ein sanftes Licht. Das Wellblechdach der Autostellplätze schimmerte blass und silbrig. Hier und da hatte sich Moos angesetzt.

Lissy zog die Jalousie ganz nach oben, nahm noch einen Schluck aus einer Plastikflasche mit Apfelschorle und öffnete das Fenster. Ein Schwall warmer Luft legte sich auf ihre Haut, als überschüttete sie jemand mit warmem Schlamm. Obwohl es schon nach neun Uhr war, zeigte das Thermometer neben dem Fensterbrett noch fast dreißig Grad an. Sie setzte sich an den Küchentisch und blätterte weiter in dem Geschichtsbuch, das sie sich – neben sieben weiteren Lexika und Bildbänden – aus der Bücherei ausgeliehen hatte.

Im Hof knallte etwas, sofort gefolgt von einem lauten Schrei: »Autsch!«

Lissy stemmte sich mit beiden Händen auf die Tischplatte und schaute nach draußen. Aus der Box, die Pop und sie sich teilten – er für den alten Renault 4 und sie für ihr Fahrrad –, stiegen kleine Rauchwölkchen auf. Davor stand ihr Vater und zeterte wütend vor sich hin.

Sie schnappte sich eine eiskalte Dose Cola aus dem Kühlschrank und flitzte auf den Hof.

Pop war wieder unter dem Auto verschwunden, auf einem kleinen, flachen Rollbrett liegend, mit dem er sich unter den Motor schieben konnte. Nur seine Beine in der blauen, nun aber über und über mit Öl beschmierten Uniformhose schauten heraus. Sein Hawaiihemd und die Jacke hingen über der geöffneten Beifahrertür.

Die Coladose wanderte in Lissy Händen hin und her. Normalerweise zog Pop sich immer zuerst um, stieg in seine verwaschene Latzhose, stellte das Kofferradio auf das Dach des Renaults und legte dann erst los. Es musste ganz schön was im Busch sein, wenn er in seinen Dienstklamotten zu schrauben begann. Wenn er immer noch wegen des Streits mit ihr am Nachmittag geladen war, sollte sie vorsichtig sein.

»Durst?«, fragte sie.

Er schob sich unter dem Auto hervor und nickte. »Hmhm.«

»Siehst aus wie geteert und gefedert.«

Er zog den Metallring der Dose. Zischend schoss die geschüttelte Cola heraus und fügte den Ölflecken ein paar weitere braune Tupfer hinzu.

Lissy biss sich auf die Lippen. »Oje!«

»Auch egal«, seufzte er.

»Ärger?«, fragte Lissy und lächelte aufmunternd. »Ich meine – außer mit mir.«

»Frau Rosch, die Chefin, Jules Mutter!«

Alle drei Bezeichnungen meinten ein und dieselbe Frau. Aus Pops Mund schallte jedes Wort wie ein Trompetenstoß, fast so, als hätte er gegen einen ganzen Schwarm ausgehungerter Haifische gekämpft. Es hatte also Ärger auf der Arbeit gegeben.

Pop steckte den Kopf unter die Motorhaube. »Mist, zu dunkel.«

Lissy kletterte auf die Rückbank des Renaults und wühlte in dem Kram, der fast die ganze Ladefläche bedeckte: Werkzeug, Ölflaschen, eine Wäscheleine, ein schmuddeliger Schlafsack. Pop fuhr eine halbe Werkstatt und die halbe Wohnung spazieren – wenn die Karre mal fuhr. Lissy zog eine Taschenlampe hervor. »Hey, das ist meine! Die suche ich schon seit Wochen, Pop!«

»Leuchte mal da rein!«

Lissy legte die Taschenlampe so auf einen Kotflügel,

dass sie einen breiten Lichtstreifen in den Motorraum warf. Sie wusste, was als Nächstes kam, und setzte sich hinters Steuer des Autos. »Was ist passiert?«

»*Jules* Mutter hat *deinem* Vater einen Tritt gegeben.«

»Rausgeschmissen?«

»Nein, ganz so schlimm isses nicht. Ein anderer ist Chef der Wachabteilung geworden. Ein Neuer. – Zündung!«

»Flitzekacke.« Mit einem Griff drehte sie den Zündschlüssel herum.

»Du sollst nicht fluchen!«

Die Zündung eierte, der Motor spuckte und jaulte und verstummte wieder.

»Aber dann brauchst du den Papierkram nicht zu machen. Hast du doch selbst gesagt, dass der Abteilungsleiter dauernd Überstunden machen muss. Urlaubsanträge ausfüllen und genehmigen und so.«

Auch ein weiterer Versuch, den Wagen zu starten, endete mit einem kläglichen *Puff*.

»Flitzekacke!«, schrie Pop.

»Du sollst nicht fluchen!«, grinste Lissy.

»Auch wieder wahr«, sagte Pop und Lissy war unklar, ob er das Fluchen oder den Papierkram meinte. Er drehte eine Zündkerze heraus, wischte sie ab und steckte sie wieder an ihren Platz. »Noch mal zünden. – Recht hast du! Die zweihundert Euro mehr im Monat hätten wir allerdings auch brauchen können. Na ja, Kaufhausdiebe jagen, Panzerknacker zur Strecke bringen, Meuterer kielholen! Grrr …« Er rollte mit den Augen. »Das ist unsere Sache, was?!«

Lachend drehte Lissy noch einmal den Zündschlüssel. »Aye, aye, Sir!«, rief sie.

Wie zur Bestätigung tuckerte der Motor los und schüttelte das Auto durch.

Lissy fiel ihrem Vater um den Hals. »Du, Popilein, ich war doof heute. Tut mir leid. Ich werde das Schuljahr schaffen! Versprochen. Hoch und heilig.«

Pop nickte. »Dann steht am Wochenende wohl eine Spritztour an!« Er klopfte auf die Kühlerhaube. Mit einem lauten Scheppern löste sich die chromblitzende Stoßstange des Renaults und fiel zu Boden.

Lissy hob sie auf und betrachtete die durchgerosteten Halterungen. »Da ist wohl nichts mehr zu machen!«

»Stimmt«, nickte ihr Vater. »Dafür hab ich einen kleinen Vorgeschmack auf deine Fahrt mit Onkel Freds Frachter. In der Jacke, greif rein.«

Lissy zog eine DVD hervor: »Johnny Depp!«, jauchzte sie. »*Fluch der Karibik 2*!« Sie hatte sich den Film so sehr gewünscht und sparte schon seit Wochen dafür.

»Hab ich mitgehen lassen«, sagte Pop mit ernster Miene.

Schockiert schaute Lissy ihren Vater an. Ihre Augen weiteten sich.

Pop lachte. »Quatsch, wohl verrückt? Was meinste, wie schnell ich meinen Job los wäre! Ein Wachmann, der klaut! Das wäre ja noch schöner. Komm jetzt! Kartoffelchips raus, Fernseher auf den Balkon und wehe, du sprichst den Text mit!«

Lissy rannte ins Haus.

Solche Abende mit Pop waren die besten: Geschichten vorlesen, Filme gucken, die schlechtesten Witze aller Zeiten erzählen. Ein bisschen kindisch war es schon. Jule würde bestimmt ihren eingebildeten Riechkolben in die Höhe strecken und von coolen Partys oder so schwärmen. Aber Jule musste sie das auch nicht auf die Nase binden.

Als Lissy am späten Abend endlich unter ihrem Fischernetz einschlief, hatte sie Loch Wess und Herrn Wiesel fast vergessen. Selbst der Ärger über Matze und die Jungs war verflogen. In ein paar Tagen schon würde sie allen zeigen, was Lissy Kalikow draufhatte, und das Ruder noch einmal herumreißen – zumindest in der Schule.

Tom wusste, dass Lissy in den letzten Wochen viel für dieses Referat gebüffelt hatte. Allerdings hatte Lissy niemandem verraten, welches Thema sie sich ausgesucht hatte.

Lissys Erzählung stockte. Hatte sie den Faden verloren? Mit der rechten Hand wischte Tom sich eine Schweißperle von der Stirn, mit der linken drückte er weiter Lissy die Daumen. Ihr Referat dauerte schon fast eine halbe Stunde und die Miene von Herrn Wiesel hatte sich mit jeder Minute aufgehellt. Tom hielt die Luft an, aber eine Sekunde später erklang wieder Lissys etwas raue Stimme.

»... hatte die Handelsschifffahrt des 17. Jahrhunderts in der Karibik durch Piraten und Freibeuter schwere Verluste. Die Kapitäne raubten oft im Auftrag ihres Königs. Dazu stattete dieser sie mit einem sogenannten Kaperbrief aus ...«

Das weiche Dämmerlicht, nur durchschnitten von ein paar Sonnenstrahlen, die sich an den heruntergezogenen Rollos vorbeimogelten, tauchte das Klassenzimmer in eine verwunschene Stimmung. Die Begeisterung in Lissys Stimme, die ihr Referat wie eine Abenteuergeschichte vortrug, steckte die anderen an und entführte alle in eine geheimnisvolle Welt zwischen versteckten Seeräubernestern und den zinnenbewehrten Handelsniederlassungen. Nur Jule hatte anfangs zischelnde Bemerkungen in den Raum geworfen, aber es hatte nicht einmal einer Ermahnung durch den Geschichtslehrer bedurft: Lissys Mitschüler hatten von sich aus Jule aufgefordert den Mund zu halten.

»... waren Blackbeard, Calico Jack oder der berüchtigte Henry Morgan gefürchtete Seeräuber ...«

Tom konnte gar nicht hinhören, so sehr zitterte er mit Lissy, die gerade eine neue Folie auf den Tageslichtprojektor legte. Das Gemälde eines prächtigen alten Schiffs, unter vollen Segeln und tief im Wasser liegend, erschien in matten Farben auf der Leinwand, die sie vor der Tafel aufgestellt hatte.

»... gab es auch berühmte Piratinnen, die viele Jahre als Mann verkleidet zur See fuhren oder sich manchmal mit sehr ungewöhnlichen Mitteln in der rauen Männerwelt durchsetzten ...«

Wenn sie sitzen bliebe!? Schrecklich!, dachte Tom. Er wollte es sich gar nicht weiter ausmalen. Lissy beachtete ihn nie, aber es genügte Tom, sie jeden Tag in der Klasse zu sehen. Wenn sie eine Ehrenrunde drehen musste, würde er mit der alten Klasse in den Neubau ziehen und nicht einmal Zeit haben, in den kleinen Pausen rein zufällig vor ihrer Tür zu stehen.

Hinter Tom breitete sich unruhiges Gekicher aus. Ratte tuschelte Gio etwas zu.

»Ruhe bitte!«, ermahnte Herr Wiesel und bewegte sich mit wogenden Schritten durch den Raum. An Toms Platz blieb er stehen und zog einen gelben Zettel von Toms Rücken. Mit einem Kopfschütteln legte er ihn auf Toms Geschichtsbuch. *Tom will Lissy küsen!,* stand darauf.

Toms Ohren glühten. In ihm brodelte es. Idioten!, dachte er und bezwang den unermesslichen Drang, den Jungs in der Reihe hinter ihm an die Gurgel zu gehen. Als Ratte jedoch den Mund nicht halten konnte und weiter über Lissy und ihren Busen, der kleiner als Haselnüsse sei, witzelte, platzte Tom der Kragen. Er sprang auf, wischte dabei sein Federmäppchen samt Inhalt vom Tisch. Sein Stuhl kippte polternd um.

»Halt deine schmutzige Fresse!«, schrie er Ratte an. »Du kannst *küssen* nicht einmal richtig *schreiben ...*«

»Tom!«, rief Herr Wiesel. »Das ist im höchsten Maße unfair deiner Mitschülerin gegenüber.«

»Sorry«, stammelte Tom und versuchte so leise wie möglich seinen Kram vom Boden aufzusammeln.

»Ich bin fertig«, hörte er Lissys Stimme, als er wieder unter dem Tisch hervorschaute.

»Gut. Sehr gut, Lissy!«, lobte Herr Wiesel. »Eine hervorragende Arbeit, die zwar nicht zu unserem derzeitigen Stoff passt, aber deine Mühe hat sich gelohnt.«

Tom atmete lauter auf als Lissy, einerseits weil sie damit die Versetzung geschafft haben musste, andererseits weil die Pausenglocke durch die Schule schepperte und er sich verdrücken konnte. Er raffte seine Sachen zusammen und wollte schnell verschwinden.

An der Tür holte Lissy ihn jedoch ein. »Sich verpissen, das haben wir gern!« Sie verstellte ihm im Türrahmen den Weg.

»Tut mir leid ...«

»Du machst das wohl absichtlich, was?«, fauchte Lissy.

Toms Kehle brachte nur ein leises Röcheln hervor und er war froh, dass Gio und Ratte ihn einfach mit sich fortzogen.

Auf dem Heimweg kamen Lissy Bedenken. Sie wusste genau, dass Tom sie nicht mit Absicht gestört hatte. Er würde das nie tun. Eigentlich ahnte sie auch, warum Tom immer knallrot wurde, wenn er sie nur von Weitem sah. Aber gerade das machte den Umgang mit ihm so schwer. Sie wollte gar nicht so eklig zu ihm sein, schon gar nicht an einem Tag, an dem es nur Gründe zum Feiern gab.

Sie lief so schnell wie möglich nach Hause. Pop hatte Frühschicht im Kaufhaus. Es war also noch genug Zeit, um die Wohnung zu schmücken und alles vorzubereiten.

Lissy schaute auf die Uhr. Sie hatte noch nie einen Kuchen gebacken. Dem vergilbten Kochbuch nach zu urteilen, das sie hinten im Vorratsschrank gefunden hatte, schien es gar nicht so schwierig zu sein. »Ha!«, schrie sie mit tiefer Stimme. »Wenn einer von euch Halunken behauptet, Lissy Kalikow, der Schrecken der sieben Weltmeere, schafft diese alberne Versetzung und einen lächerlichen Kuchen nicht, dann knüpfe ich ihn am höchsten Mast dieser Fregatte auf!« Lissy hielt den Mixer wie einen Säbel, machte ein, zwei, drei Fechtstöße und pfefferte das Gerät mit einem Ausfallschritt in die Spüle.

Wenn Pop nach Hause kam, würde sie ihn im Flur mit rot geriebenen Augen erwarten und »Die Versetzung …« schluchzen, und wenn er schon ganz bedröppelt vor Mitleid aus der Wäsche schaute, würde sie die Küchentür mit einem dreifachen *Täterätäää!* aufreißen und die Überraschung präsentieren. Eine selbst gemalte Girlande, auf der in Großbuchstaben stand: *Herzlich willkommen zur Versetzungsparty von Lissy Kalikow!!!*

Als die Backzeit um war, stach Lissy – wie die freundliche Großmutter empfohlen hatte, die am Rand des Buches in einer Sprechblase Tipps für jedes Rezept gab – mit einer alten Stricknadel in den knusprig aufgegangenen Kuchen. *Wenn beim Herausziehen kein Teig mehr an der Nadel klebt, ist der Kuchen fertig,* stand dort.

»Perfekt!«, flüsterte Lissy aus Angst, ihr erster Erfolg als Bäckerin könnte beim leisesten Geräusch in sich zusammenfallen. »*Abkühlen lassen*«, murmelte sie und folgte mit einem Finger den Tipps der Großmutter. »*In der Zeit den Tisch schmücken …*« Sie warf einen Blick auf den festlich gedeckten Küchentisch. Er war perfekt: das gute Geschirr, Kränze aus Gänseblümchen um beide Teller, eine Kerze in der Mitte. »*Für die Glasur verrühren Sie sieben Esslöffel Puderzucker …*«

»Puderzucker!«, schrie Lissy. »Flitzekacke!« Sie hatte den Puderzucker vergessen.

Die Küchenuhr stand auf Viertel vor drei. Pops Schicht endete um halb vier, zu Hause war er frühestens fünfzehn Minuten später.

Lissy überlegte nicht lange. Sie hatte immer noch über eine Stunde Zeit, bis zum Kaufhaus würde sie es locker schaffen. Sicherheitshalber rannte sie die ganze Strecke. Vor den automatischen Schiebetüren verschnaufte sie kurz. Sie musste aufpassen, dass sie Pop nicht begegnete oder von einer der vielen Überwachungskameras entdeckt wurde, sonst war die ganze Überraschung hinüber.

Vorsichtig bewegte sie sich am linken Rand der verglasten Passage entlang. Mit ein bisschen Glück konnte man das ganze Gebäude durchstreifen, ohne auch nur ein einziges Mal von den Kameras erwischt zu werden. Pop hatte es ihr in den Osterferien gezeigt, als sie ihn ab und zu auf seiner Arbeitsstelle besucht hatte – natürlich nur unter der Bedingung, dass sie es absolut niemandem verriet.

Lissy schlich zwischen den Obstregalen hindurch, lugte nach links und rechts, wartete kurz vor der Konservenabteilung, bis sich eine Kamera wieder surrend in die andere Richtung drehte. Ein paar Schritte weiter nahm sie sich zwei Päckchen Puderzucker aus dem Regal. Als sie sich auf den Weg zur Kasse machen wollte, hörte Lissy eine Stimme, die ihr bekannt vorkam.

»Matze, ich hab nicht so viel Kohle!«

Es war Tom.

»Willst du unser Prachtstück mit billigem Sekt taufen?«

Das war Matzes Stimme.

»Das ist ein Siegerfloß. Damit werden wir die Champions und du willst Fusel darüberschütten?«

Lissy stellte sich auf die leere Holzpalette, von der eine junge Frau gerade Rotkohl in Dosen abgeladen hatte. Auf der anderen Seite des Regals, im Gang mit Bier, Wein und anderen Getränken, entdeckte sie Ratte, Gio, Matze und Tom.

Gio baute sich breitbeinig vor Tom auf, drückte die Hände tief in die Taschen seiner Shorts und meinte: »Schampus. Original französischen Schampus, den brauchen wir.«

Ratte nickte. »Genau!« Schnell ließ er Kowalski in seiner ausgebeulten Hosentasche verschwinden.

Eine Verkäuferin verlangsamte ihre Schritte und nahm die Jungs ins Visier.

Mit der linken Hand verhinderte Ratte, dass Kowalski die Nase hervorstrecken und einen Kreischanfall bei der Frau verursachen konnte.

»So, Tömmi«, wandte Matze sich verächtlich an Tom, griff in ein Regal und nahm eine Flasche Champagner. »Die wollen wir!« Er drückte Tom die grüne Flasche mit dem goldenen Etikett in die Hand.

»Fast neunundzwanzig Euro, Matze, das kann ich nicht bezahlen!«

»Wer sagt denn, dass du das bezahlen sollst? Jetzt kannst du mal beweisen, dass du kein Bettenpisser bist.«

In Lissy wuchs eine unbändige Wut auf Matze. Seit Tom mit diesem Kerl herumzog, war nichts mehr mit ihm anzufangen. Aber nun wollte Matze ihn auch noch zum Klauen anstiften! Mit wenigen Sätzen gelangte sie um die Ecke des Regals auf die andere Seite. »Pass auf, dass die Nussschale nicht sofort absäuft, wenn ihr sie zu Wasser lasst.«

»Hey, Lissy …«, stotterte Tom.

»Pass du auf, dass du nicht vor Neid Warzen kriegst. Aber besser Warzen als keine …« Matze beschrieb mit den Händen vor seiner Brust die Rundungen für einen Monsterbusen.

Lissy klemmte blitzschnell die beiden Pakete Puderzucker in ihren Hosenbund. Einen Wimpernschlag später hatte sie Matze am T-Shirt gepackt. Aus dem Augenwinkel sah sie, wie sich etwas blau Uniformiertes näherte. Pop, schoss es Lissy durch den Kopf, aber als sie genau hinsah, war es ein anderer Wachmann.

Matze nutzte die Gelegenheit. Er stieß Lissy brutal von sich. Mit einem Klirren wie am Polterabend rasselte Lissy in das Getränkeregal.

»Mach schon, Tomatenkopp«, brüllte Matze und zerrte Tom mit sich.

Tom klammerte sich an die Flasche, zögerte, als er aber den Wachmann in sein Walkie-Talkie sprechen sah, sprintete er hinter seinem Anführer her.

Lissy rappelte sich auf.

»Tom!«, rief sie. »Tom, warte!« Einen Augenblick stand sie benommen da, dann jedoch folgte sie den Jungs. Hinter der Kasse holte sie Tom und Matze ein. »Bist du verrückt geworden, Tom?« Lissy deutete auf die Überwachungskamera.

»Scheiße«, jammerte Tom.

»Da bist du drauf. In Großaufnahme.«

»Oder du!« Ein hämisches Grinsen blitzte über Matzes Gesicht. »Jetzt wollen wir mal sehen, ob Ischen dichthalten können. Oder ob sie Verräter sind! Und du weißt, was mit Verrätern passiert.« Seine flache Hand fuhr in einem schnellen Schnitt von links nach rechts über seinen Hals. »Krrrrgs!«, machte er und zog Tom mit sich.

Einen Herzschlag später stand Lissy alleine da. Über ihr

surrte eine Kamera, fast schien sich ihre Linse an Lissys Gesicht heranzusaugen. Jemand tippte ihr auf die Schulter.

»Na, das wird ja 'ne hübsche kleine Feier. Du kommst jetzt mit in mein Büro!« Der Wachmann zerrte sie am Arm.

Der Wachmann führte Lissy durch den schmucklosen, von Neonröhren ausgeleuchteten Gang, der sich über die gesamte Länge des Supermarkts erstreckte. Während vorne im Laden alles auf Hochglanz poliert in den schönsten Farben erstrahlte, wirkten die Hinterräume wie die kalten Verliese eines Gefängnisses. Leere Kartons säumten den Weg und Verpackungsfolien warteten auf den Abtransport. Hier machte sich keiner die Mühe, es kuschelig oder heimelig oder zum Kauf der Waren anregend zu machen. Keine einschmeichelnde Musik war zu hören, sondern nur das bedrohliche Klackern der Absätze des Wachmanns.

»Ich habe nichts ... ich wollte nicht ...«, versuchte Lissy dem Wachmann zu erklären.

»Haste, kannste, willste – spar dir die Ausflüchte, ich habe schon alle gehört. Tatsachen, nur die zählen!« Er hielt den Puderzucker hoch.

Am Ende des Gangs versperrte ihnen eine feuersichere Metalltür den Weg. Der Wachmann legte gerade die Hand auf die Klinke, als jemand von der anderen Seite das schwere Schutztor aufzog.

Jules Mutter stand vor Lissy.

»Na, wen haben wir denn da?«, fragte Frau Rosch. »Du gehst doch in dieselbe Klasse wie Jule?! – Was ist mit dem Mädchen, Herr Dolde?«, wandte sie sich dem Wachmann zu.

»Mein *dritter* Fang diese Woche«, strahlte der Mann die Direktorin des Kaufhauses an und schob Lissy in das kleine Zimmer der Wachleute, wo ein Pult mit fast einem Dutzend Überwachungsmonitoren aufgebaut war.

»Das ist kein Grund zur Freude«, wies Frau Rosch ihn zurecht. »Mir wäre lieber, es gäbe weniger diebische Elstern!« Sie legte eine Hand auf Lissys Schulter. »Da wirst du deinem Vater aber einiges erklären müssen.«

Tränen quollen aus Lissys schwarzen Augen. Was sollte sie erklären? Pops Kollege würde beschwören, dass sie einer Diebesbande angehörte, vielleicht würde er sogar ihren Vater verdächtigen, mit ihr unter einer Decke zu stecken!

»Nun, Lissy, Tränen helfen da auch nicht weiter.« Frau Rosch wandte sich an Dolde. »Hat Lissys Vater Dienst?«

»Er macht einen Rundgang in der dritten Etage«, bejahte dieser die Frage.

»Holen Sie ihn«, befahl die Direktorin.

Als Pop zwei Minuten später vor ihr stand, schluchzte Lissy leise vor sich hin. Sie sah die Enttäuschung in seinen Augen.

Pop schüttelte den Kopf. »Herr Dolde hat mir erzählt, was passiert ist«, sagte er traurig.

»Es ist ja nichts passiert, Pop!«, wehrte sie sich.

Dolde drückte eine der vielen Tasten auf dem Pult mit den Monitoren. »Hier, Kleine, die letzte Stunde wird immer auf Video aufgezeichnet, automatisch.«

»Das wissen wir, Herr Dolde! Ich bin schon etwas länger hier tätig!« Pop konnte seine Abneigung gegen den Kollegen kaum verbergen. »Und nennen Sie meine Tochter nicht *Kleine*!«

Dolde spulte das Band zurück. »Wir sollten auch noch einen Blick in ihren Rucksack werfen!«, murmelte er dabei missmutig vor sich hin, bis er die Stelle gefunden hatte. »Eindeutig, schauen Sie nur, Frau Rosch, Herr Kalikow!«, forderte er die anderen auf.

Lissy sah sich selbst auf der schwarz-weiß flimmernden Aufnahme des kleinen Bildschirms ins Auge. Etwas verzerrt, aber deutlich erkennbar stand sie da, direkt hinter der Kasse mit zwei Puderzuckerpäckchen im Hosenbund.

»Und eine Flasche Champagner wollte sie klauen!«, plärrte Dolde.

»Aber ...«

»Lissy, kein Aber!«, schnitt Pop ihr das Wort ab. »Frau Rosch, kann ich kurz alleine mit meiner Tochter sprechen?«

»Machen Sie eine Runde durch den zweiten Stock, Dolde«, befahl die Direktorin und schob den murrenden Wachmann vor sich her zur Tür hinaus.

Als die Tür hinter der Chefin und dem anderen Wachmann ins Schloss gefallen war, setzte Pop sich mit einem tiefen Seufzer auf den wackeligen Bürostuhl vor dem Pult. Er legte das Kinn in die Innenflächen seiner Hände und rieb sich schnaufend durchs Gesicht. »Ich hatte in den letzten Wochen gedacht, alles würde gut werden, Lissy!«

»Ich wollte mit dir feiern ...«

»Und dafür brauchtest du Champagner?«

»Nein, Puderzucker!«

»Puderzucker? Lissy, nun hör doch auf! Du bist mit unbezahlten Waren hinter der Kasse erwischt worden!«

»Aber nur, weil T...« Sie verstummte. Auf Verrat stand der Tod. Kein Pirat, der etwas auf sich hielt, durfte einen anderen ans Messer liefern. Oder er war auf immer verloren und von allen Seeräubern gejagt bis ans Ende der Welt. »Die anderen ...«, setzte sie wieder an.

»Die anderen, die anderen! Sind es wieder die anderen? Ach, Lissy, wenn du wenigstens nicht lügen und abstreiten würdest, sondern zu deiner Tat stündest. Welche Ausrede fällt dir denn noch ein? Du hast die Bilder gesehen.«

»Ich war es nicht!« Lissy verschränkte die Arme vor der Brust. »Ich verspreche dir ...«

»Auf deine Versprechungen kann man leider nichts geben, Lissy. Und jetzt geh nach Hause. Ich regle das hier.« Er legte die Hand auf die Türklinke, dachte einen Moment nach und sagte mit trauriger Stimme: »Und noch etwas: Die Ferien verbringst du auf deinem Zimmer. Ich rufe Onkel Fred noch heute Abend an, dass du nicht kommst.«

Die Sonne stand schon tief am Himmel. Lissy saß immer noch zwischen den Steinen der Mole.

Sie hatte die halbe Stadt nach den Jungs durchkämmt, war bis in den vornehmen Vorort gefahren, in dem Tom wohnte, aber nirgendwo waren er oder Matze zu finden gewesen. Schließlich hatte sie sich entschlossen am Fluss auf sie zu warten. Irgendwann würden sie beim Floß auftauchen, auch wenn Lissy bis zum nächsten Morgen oder noch länger ausharren musste.

Seit ihrem Streit mit Pop wegen des Hemdes, wegen Frau Wessendonck und Mathe war sie nicht mehr hier gewesen. Es war ihr schwergefallen in den letzten Wochen, denn in der Schule hatte Matze geprahlt, wie toll sein Floß werden würde. Aber sie hatte alles daran gesetzt, Pop nicht zu enttäuschen, das Referat für Geschichte hinzubekommen und die Versetzung zu schaffen.

Nun war alles hinüber.

Nie mehr würde sie zurückgehen, das hatte Lissy sich

geschworen, gleich nachdem sie das Einkaufszentrum hinter sich gelassen hatte. Nie und nimmer würde sie Pop wieder unter die Augen treten, jedenfalls nicht, bis sie Tom oder Matze nicht zur Rede gestellt hatte.

Die Abendstunde hüllte den kleinen Strand, den Schuppen des Rudervereins und den Landungssteg nach und nach in eine sanfte Dunkelheit. Nur hier und da blitzte eine Welle auf, in der sich die entfernten Lichter der Straße oder eines Autos, das die Brücke unterhalb der Lagerhäuser überquerte, spiegelten.

Lissy streckte sich im warmen Sand aus. Der Himmel war von ein paar Schleierwolken durchzogen. Seit Wochen, nein, seit fast zwei Monaten hatte es nicht mehr geregnet. Sogar ein lauer Wind kam auf, der ihr zärtlich über das Gesicht strich. Wenn sie die Augen schloss, glaubte Lissy die weiche Hand ihrer Mutter zu spüren. Dieses Gefühl und ein Geruch, ein wenig wie Zitrone, waren die einzigen Erinnerungen an sie. Lissy war mit einer dichten schwarzen Zottelmähne auf die Welt gekommen, wie ein

Yeti sah sie auf den alten Fotos aus. Ihre Mutter hatte ihr die Haare mit dieser sanften Bewegung immer aus dem Gesicht gestrichen. An mehr konnte sie sich nicht erinnern und Pop sprach nur selten von ihr.

Mit einem Lächeln auf den Lippen stützte Lissy sich auf die Unterarme. Wenn dieses Gefühl aufkam, der Geruch, konnte sie alles vergessen, wenigstens für ein paar Minuten. Sie wühlte in ihrem Rucksack. Vorsichtig zog sie das in eine Plastikfolie gewickelte Foto hervor. Der kleine Yeti darauf, immer noch mit pechschwarzen Zotteln auf dem Kopf, saß auf dem Schoß einer schönen Frau mit ganz glatten braunen Haaren, die ihr fast bis auf die Oberschenkel fielen. Sie pustete gemeinsam mit Lissy die beiden Kerzen ihres zweiten Geburtstags aus. Es war das letzte Bild von ihrer Mutter.

Ein Wassertropfen fiel auf das Foto. Lissy schaute nach oben. Kündigte sich der Regen an, auf den alle schon so

lange warteten? Schnell wickelte sie die Folie wieder um das Bild.

Sie entschloss sich, die Nacht im Bootshaus zu verbringen. Wenn sie sich einen der Achter von den Gestellen zog, konnte sie darin halbwegs bequem schlafen. Als sie sich der Holzhütte näherte, trug der leichte Abendwind ein Kichern herüber. Sollte ausgerechnet diese Nacht ein Liebespaar das Bootshaus für ein geheimes Treffen ausgesucht haben?

Schritte knirschten auf dem Kies. »Komm schon«, flüsterte jemand. »Du brauchst dich nicht zu fürchten, ich bin doch bei dir!«

Wieder war nur ein Kichern die Antwort.

Lissy kniff die Augenlider zusammen, um besser sehen zu können. Die Stimme war nun ganz nah, fast schien Lissy den Atemhauch spüren zu können. Im letzten Moment duckte sie sich hinter die Ecke des Bootshauses. Jetzt erkannte sie, wer da sprach.

Es war Matze! Er hielt ein Mädchen im Arm, dessen Haare zu einem Knoten gebunden waren.

Jule!

»Außerdem haben wir eine Öllampe in der Kajüte!«, drängelte Matze, fasste seine Begleiterin an der Hand und zog sie ganz nah zu sich. Die schmatzenden Geräusche, die darauf folgten, waren unverwechselbar.

Wie kann irgendwer auf der Welt dieses Ekelpaket küssen?, fragte sich Lissy. Matzes Zunge wühlte in Jules Mund, als wäre er auf der Suche nach einer Ölquelle.

Selbst Jule sollte sich dafür zu schade sein! »Bah!«, entfuhr es Lissy leise.

»Da ist jemand«, kreischte das Mädchen.

»Quatsch, hier ist niemand.«

Matze hob das Mädchen auf seine beiden Arme und trug es mit schnellen Schritten zum Ufer.

»Weiber schmuggeln unter ihren Röcken das Unglück an Bord! Ha! Solche Weiber vielleicht!«, schnaubte Lissy leise. Sie wollte gerade hinter Matze herlaufen, um ihn zur Rede zu stellen, da klapperte etwas hinter ihr. Im ersten Augenblick dachte Lissy, eine Katze oder ein anderes Tier habe Unterschlupf in dem Schuppen gesucht.

Jemand stieß jedoch ein unterdrücktes »Aua!« aus. Wieder rumpelte es, dann quietschte die alte Holztür und ein Mädchen trat aus dem Schuppen.

»Jule?«, entschlüpfte es Lissy.

»Ah!«, erschreckte sich Jule und wich zurück. »Wer ist da?«

»Lissy!«

»Du hast mir gerade noch gefehlt!«, schluchzte Jule.

Wenn Jule hier vor ihr stand, knutschte Matze gerade mit einer anderen auf dem Floß! »Ist was?«, fragte Lissy zögerlich. »Kann ich dir helfen? Hast du dir wehgetan?«

»Lass mich! Ich will ... ich wollte Matze überraschen und seine Eltern haben gesagt, er sei noch beim Floß und ...« Der Rest ging in Schluchzern unter.

»Ich hab mich eh gefragt, was du an dem Scheißkerl findest!«

»Besser einen Scheißkerl als gar keinen Kerl«, konterte Jule, aber ihre Stimme klang alles andere als überzeugend. »Dem werde ich es zeigen!« Sie schubste Lissy weg und ging mit festen Schritten auf das Ufer zu.

Das Floß schaukelte auf den seichten Wellen des Flusses. Geflüsterte Wortfetzen, ein leises Lachen wehte der Wind an den Strand. Ein paar Meter vor dem Ufer holte Lissy Jule ein.

»Warte!« Lissy hielt Jule am Arm fest. »Wenn du mich fragst: Lass uns lieber gehen!«

Jule blieb stehen. »Ich frage dich aber nicht! Und außerdem: Was geht dich das an?« Sie starrte das kleine Zelt an, das auf der hölzernen Plattform die Kajüte bildete. Die Umrisse von zwei Gestalten zeichneten sich im Schein einer flackernden Leuchte ab. Es war deutlich zu sehen, wie sich der Kopf der einen dem der anderen näherte.

Jule hatte recht, das war nicht Lissys Sache. »Na ja, nichts eigentlich«, antwortete Lissy deshalb. »Außer, dass wir Mädchen zusammenhalten sollten gegen solche Kerle!«

»Sie küssen sich!«, schnaubte Jule. »Sie küssen sich«, wiederholte sie fassungslos und schüttelte den Kopf, als könnte sie damit das Bild vor ihren Augen vertreiben.

»Ja, eklig, was?«, rutschte es Lissy heraus. Sie hatte vergessen, dass Jule mit Sicherheit schon ziemlich oft mit Matze geknutscht hatte.

Die beiden Schatten auf der Zeltwand trennten sich wieder. »Wir taufen es auf deinen Namen: *Princess Vanessa*! Klingt gut, oder?«, umschmeichelte Matzes Stimme seine Begleiterin.

Jule schnappte nach Luft. »Vanessa«, hauchte sie entgeistert in die Abendluft. »Meine beste Freundin!«

Plötzlich tat Jule Lissy leid.

»Ich drehe ihr die Gurgel um!«, presste Jule hervor und wollte losstürmen.

Lissy hielt Jule zurück. »Wenn, dann solltest du *ihm* die Gurgel umdrehen. Pst!« Sie legte Jule die Hand auf den Mund.

Auf dem Floß war es still geworden. Die Gestalten im Zelt bewegten sich nicht mehr.

»Da ist doch jemand. Hör jetzt auf, Matze!«, wies Vanessa ihren Begleiter mit ängstlicher Stimme zurecht.

Matze trat aus dem Zelt hervor, versuchte die Dunkelheit mit seinen Blicken zu durchdringen und rief: »Ist da jemand?« Er wartete einen Moment ab.

Die beiden Mädchen am Strand hielten den Atem an.

»Da ist niemand«, beruhigte Matze Vanessa. Er kniete sich vor die Öffnung des Zeltes und schaute hinein. »Und außerdem passe ich doch auf dich auf.«

Dieser blöde Macho-ich-bin-der-Größte-Ton, dachte Lissy.

»Wir machen das Licht aus, dann kann uns garantiert niemand sehen, Prinzesschen!« Mit einem Surren zog er den Reißverschluss des Eingangs hinter sich zu.

»Prinzesschen!« Jule konnte kaum an sich halten. »ICH bin sein Prinzesschen!«

Wie eine Kanonenkugel schoss Jule auf das Floß zu und stürzte sich auf die vordere Zeltwand, die unter ihrem Gewicht zusammensackte. Vanessas Schreie gellten durch die Nacht, Matze strampelte und Jule schlug blindlings auf das Gewurschtel ein. Als Matze sich aus dem Gewirr von Planen und Spannseilen befreit hatte, umschlang sein Oberarm blitzschnell den Hals der Angreiferin. Er drückte fest zu, Jule schrie auf, bekam keine Luft mehr.

»Feigling!«, schrie Lissy und setzte nun auch mit einem beherzten Sprung auf das Floß über. »Dich an Mädchen zu vergreifen!«

»Lissy Kalikow, wer sonst!?« Verächtlich spuckte Matze ins Wasser. »Und wer bist du?« Er senkte den Kopf, um dem Mädchen, das er im Schwitzkasten an seine Brust gedrückt hatte, ins Gesicht zu schauen. Jetzt erst erkannte er sie. »Jule?«, fragte er erstaunt. »Ich dachte … ich dachte, du hast dein Dings, dein Wasserballett, dein Training heute!«, stammelte er.

»Das heißt Synchronschwimmen, du Arschgesicht!«, keuchte Jule und nutze den Augenblick der Überraschung. Sie rammte Matze ihren Ellbogen zwischen die Beine, sodass dieser jaulend in die Knie sank. Dann versetzte sie ihm einen Tritt und stieß ihn vom Floß hinunter ins Wasser. »Und jetzt zu dir!«, wandte sie sich Vanessa zu.

»Ich kann dir alles erklären!«, wollte ihre Freundin sich verteidigen, aber Jule hielt Vanessa schon an ihrem Haarschopf fest, der mittlerweile offen auf ihre Schultern hinabwallte.

»Das ist der dämlichste Spruch, den es nur noch in miesen Fernsehserien gibt. *Hä*«, äffte Jule Vanessas Tonfall nach, »*ich kann heute nicht zum Training kommen, Julchen, ich hab so Bauchweh, meine Tage, du weißt schon!*« Jule ohrfeigte ihre Nebenbuhlerin und stieß sie ebenfalls ins Wasser. »Jetzt hast du hoffentlich noch Kopfweh dazu, *Prinzesschen*!«, schrie sie und riss eine der beiden Holzstangen, mit denen das Floß im flachen Wasser gestakt werden konnte, aus der Verankerung. Wie eine Furie schlug sie auf das Wasser, zielte abwechselnd auf Matze, dann wieder auf Vanessa.

Lissy versuchte sie zurückzuhalten, obwohl sie Matze einen ordentlichen Schlag auf den Hinterkopf gegönnt hätte. »Das reicht, lass uns gehen, Jule!«

Matze schaffte es, nach der Stange zu greifen. Er zerrte daran, Jule kam fast aus dem Gleichgewicht, aber bevor sie ebenfalls vom Floß stürzte, ließ sie los. Sofort schwamm Matze auf das Floß zu. Jule schaute sich um, entdeckte die Kiste mit dem Bordwerkzeug und zog ein Beil hervor. Mit hoch über dem Kopf erhobener Axt erwartete sie Matze, der sich schon mit beiden Armen auf die Holzplanken aufstützte, um sich aufs Deck zu schwingen. Vanessa, die zum Ufer geschwommen war, verschwand in der Dunkelheit.

»Jule!«, flüsterte Matze entgeistert, bewegte sich aber keinen Millimeter weiter. Im Zeitlupentempo sank er zurück ins Wasser.

»Bist du wahnsinnig? Jule! Hör auf!« Lissy erhob die Hand, um Jule die Waffe wegzunehmen, doch nichts konnte sie mehr halten.

Mit aller Kraft rammte Jule das Metall der Klinge in die Reling des Floßes. Die Holzleiste splitterte. »*Princess Vanessa*. Klingt gut, oder? Dir werde ich es zeigen«, schrie Jule und schlug wieder und wieder auf die dicken Holzstämme ein, die den stabilen Rahmen des Decks bildeten.

»Nicht«, rief Lissy, als sie merkte, was Jule vorhatte. Seinen heißesten Schatz zu zertrümmern – das traf Matze wirklich. Aber Lissy tat es leid um das prachtvolle Floß. »Hör auf, Jule, du hast es ihm gezeigt, das reicht!« Sie nahm Jule das Beil aus der Hand.

Matze machte einen erneuten Versuch, das Floß zurückzuerobern. »Ihr dummen Ziegen«, schrie er die Mädchen an, »ihr Ischen! Ich dreh euch die hässlichen Putenhälse um!«

Er erwischte Lissys Bein. Sie rutschte, kam ins Wanken, das Beil entglitt ihr und polterte aufs Deck. In letzter Sekunde konnte sie sich am Rest der kaputten Reling festhalten. Panisch strampelte sie mit den Beinen, aber Matze ließ nicht los. Ihre linke Hand schlug nach Matzes Kopf, mit der anderen grabschte sie und bekam das Beil wieder zu fassen.

Lissy erhob die Axt.

Für einen Herzschlag schien alles still zu stehen, dann zischte das Beil durch die Luft und durchtrennte sauber das stramme Seil, mit dem das Floß ordentlich vertäut gewesen war. Mit einem Ruck bewegte sich Matzes ganzer Stolz vom Ufer weg.

Als sein eigenes Werk auf ihn zuschwamm, tauchte Matze schnell ab und kam kurz darauf auf der anderen Seite wieder hoch. Jule drückte ihn mit der zweiten Stange unter Wasser, so lange, bis er aufgab und ans Ufer zurückschwamm.

Fluchend rannte er dort auf und ab. »Scheiße, Drecksscheiße, verdammte! Ich kriege euch! Ich kriege euch und ersäufe eine nach der anderen mit meinen eigenen Händen! Wehe, wenn ich euch erwische!«

Die beiden Mädchen standen einen kurzen Augenblick verdattert auf dem Floß. Sie hatten es Matze gezeigt!

Jule zog eine Schnute. »Und jetzt?«

»Was wohl? Wir gehen auf Kaperfahrt!« Mit verstellter, tiefer Stimme fuhr Lissy fort: »Ich muss mich sowieso eine Zeit lang aus dem Staub machen, die Gegend hier wimmelt nur so von Kriegsschiffen der königlichen Marine!« Sie nahm die Holzstange und gab dem Floß einen kräftigen Stoß. Lauthals sang sie los: »Zwei Mädels auf des Totenmanns Kiste, johooo, und 'ne Buddel voll Rum ...«

Plötzlich krachte es über ihnen. Ein Blitz schoss vom Himmel herunter. Auf der Stelle folgte ein Donnerschlag, so gewaltig und laut, dass sich Lissy und Jule gegenseitig in die Arme stürzten und vor Schreck fest umklammerten.

Einen Wimpernschlag später schüttete es wie aus Eimern. Eine wahre Sintflut ergoss sich über das Floß, das Ufer, die Bootshäuser, die ganze Stadt. In Sekundenschnelle klebten Lissys Haare an ihren Schläfen, sie und Jule waren klatschnass.

Lissy regte sich als Erste, löste sich von Jule, fasste sie an beiden Händen und hüpfte johlend mit ihr im Kreis herum.

Jule zögerte noch, dann stimmte sie in Lissys befreiende Schreie ein, hielt sich kraftvoll an Lissys Händen fest, begann sich mit ihr im Kreis zu drehen, warf den Kopf in den Nacken, drehte sich, schneller, schneller, schneller, und schnappte mit der Zunge gierig jeden Regentropfen auf.

Genauso plötzlich wie er aus den Wolken gebrochen war, versiegte der Regen auch wieder. Er hatte endlich ein wenig Abkühlung gebracht. Das Floß trieb mit der leichten Strömung und zog eine Schneise in das vom Mond beschienene blauschwarze Wasser.

Jule fröstelte in ihren nassen Klamotten. »Und nun?«, fragte sie mit einem Unterton, der für ihre Mutter ein Warnzeichen gewesen wäre: Die Prinzessin war ungnädig.

Lissy überhörte das. Sie bemühte sich, das Zelt in der Mitte des Floßes wieder aufzurichten. Sie spannte das Seil um einen der Pflöcke an den vier Ecken der Plattform und verknotete es. »Perfekt! Du musst im Dunkeln aufpassen, sonst hängst du mit der Birne in den Tauen!«

»Lissy! Ich hab dich was gefragt!«

»Zieh die nassen Klamotten aus und häng sie über die Seile. In der Kiste habe ich eine Decke gesehen, da können wir uns reinwickeln.«

»Verdammt!«, schrie Jule nun. »Ich will wissen, was das hier soll!«

»Wir fahren zu Onkel Fred!«

»Onkel Fred? Wer ist Onkel Fred? Du spinnst wohl. Wir fahren gar nicht. Zurück fahren wir, und zwar auf der Stelle! Meine Mum setzt Himmel und Hölle in Bewegung, wenn sie merkt, dass ich weg bin.« Jule verschwieg, dass ihre Mutter sie keineswegs allzu bald vermissen würde. Sie hatte beim Abschied am Nachmittag geflunkert und behauptet, sie übernachte bei Vanessa. Beim Gedanken an ihre ehemals beste Freundin schwoll die Wut in Jules Bauch wieder an.

»Dann ruf sie doch an und sag, du übernachtest bei einer Freundin!«

»Bei einer Freundin?« Jule sprang auf und verfing sich mit ihrem Haarknoten in einem der Spannseile. »Bei welcher denn? Ich habe keine Freundin!«, schrie sie und fügte schluchzend hinzu: »Und keinen Freund!« Sie verdrehte den Kopf, um sich aus dem Seil zu befreien.

»Ruhig! Du machst alles nur schlimmer«, befahl Lissy, aber es war zu spät. Jule hatte sich hoffnungslos verheddert. Vorsichtig begann Lissy, Jules Haare Strähne für Strähne aus der Leine zu lösen. So hatte sie die sonst so selbstbewusste Jule noch nie erlebt. »Was ist mit deinen Wasserballett…«

»Das heißt Synchronschwimmen!«

»Also, was ist mit deinen … deinen *Nixen*?«

»Die Ironie kannst du dir sparen. Du bist doch nur neidisch, weil du nicht mitschwimmen darfst bei uns.« Jule wischte sich die Tränen aus dem Gesicht.

»Darauf kann ich gerade noch verzichten! Wie die geklonten Meerjungfrauen mit Nasenklammer die spitzen Füßchen aus dem Wasser strecken. Vielen Dank!« Lissy zupfte absichtlich heftig an einem kleinen Büschel Haare, das auch prompt am Seil statt an Jules Kopf hängen blieb.

»Autsch!« Jule dachte einen Augenblick nach. »Das sind doch keine Freundinnen.«

»Hör auf zu zappeln, sonst bricht das Zelt wieder zusammen und ich kann von vorne anfangen.«

»Ich muss mich morgen in Mamas Kaufhaus vorstellen, für einen Ferienjob in der Kosmetikabteilung!«

»Na toll! Beziehungen muss man haben«, sagte Lissy schnippisch und zog die letzten Haare von dem Seil.

»Pfff!«, ignorierte Jule die Bemerkung. Sie raffte die Haare nach hinten und richtete, so gut es ging, den Knoten. Sie zog ihr T-Shirt über den Kopf und pellte sich aus den engen Jeans, dann hängte sie beides über eine der Leinen. »Ich will zurück. Meinetwegen versenken wir das blöde Ding und Schluss.«

»Versenken? Bist du völlig durchgeknallt? Oder hast du Fieber?« Lissy legte die Hand auf Jules Stirn.

»Finger weg. Du hast deine Kaperfahrt gehabt.«

»Ich will auf die Elbe!«

»Du willst *was*?«, fragte Jule entgeistert.

»Auf die Elbe. Ich hab da eine Verabredung.«

»Ein Date? Lissy Kalikow hat ein Date?«

Lissy versuchte, sich von Jules giftigem Ton nicht auf die Palme bringen zu lassen. Stattdessen fummelte sie am hinteren Ende der Plattform herum. »Wusste ich es doch«, murmelte sie. »Es hat einen Mast!« Eine feste, runde Holzstange lag längs über dem Floß und war am Heck mit einem Schnapper aus Metall befestigt. Lissy löste ihn und hob die Stange an, schob sie Zentimeter für Zentimeter hoch, bis der Mast senkrecht stand und mit einem Klicken in einem Gelenk genau in der Mitte einrastete. »Siehst du die Flügelschraube?«

Jule reagierte nicht.

»Das wird nichts, wenn du nicht mithilfst! Schieb den Bolzen durch und zieh die Schraube an. So fest du kannst.«

»Hör auf herumzukommandieren!«, blaffte Jule, tat jedoch, was Lissy ihr aufgetragen hatte.

Jedes Schiff hat einen Kapitän, kapiert?, wollte Lissy erwidern, aber es schien ihr ratsam, Jule nicht zu reizen. Und Lissy war sich sicher, dass Jule gereizt sein würde, wenn sie einfach so zur Matrosin und Lissy selbst zur Kapitänin ernannt wurde.

Als habe sie Lissys Gedanken erraten, forschte Jule mit einem breiten Grinsen nach: »Hast du nicht selbst in deinem Referat gesagt, dass es bei den Piraten ganz demokratisch zuging? Dass sie sich ihren Kapitän wählten? Und ihn auch wieder absetzen konnten?«

»Mit langen Diskussionen kommen wir nie auf die Elbe!«

»Jetzt reicht es, Lissy! Meine Mama bringt mich um …«

»Vergiss mal deine Mama.«

»Ich muss morgen …«

»Was *musst* du? Kannst du nicht ein einziges Mal das tun, was du willst? Nee! Kannst du offensichtlich nicht. Ist wohl ein Fremdwort für dich?«

»Ich muss morgen früh bei Mama antreten. Sie gibt den Job sonst einem anderen und ich brauche das Geld!«

»Niemand *muss*! Was du musst, ist Matze möglichst die nächsten sechs Wochen nicht in die Arme laufen. Das musst du!«

Jule seufzte. Sie tastete nach ihrer Trainingstasche und durchwühlte sie.

»Was suchst du denn?«, fragte Lissy.

»Das geht dich gar nichts an!« Jule warf die Tasche zur Seite. »Mein Handy, verdammt! Ich hab das verflixte Ding wieder irgendwo liegen lassen!«, fluchte sie, und weil sie wohl gerade in Fahrt war, baute sie sich vor Lissy auf und stemmte die Fäuste in die Taille. »Du willst mir sagen, was ich muss?«

»Nee, du sollst mir sagen, was du willst!«, konterte Lissy. »Versuch's doch hiermit.« Sie hielt Jule die Taschenlampe hin. »Oder kannst du nicht morsen? *Ich* kann.«

Der Schein der Lampe stach Jule in die Augen, dann leuchtete der helle Strahl dreimal kurz, dreimal lang und wieder dreimal kurz in den sternklaren Himmel.

»SOS!«, grinste Lissy.

Jule riss die Lampe an sich. »Du musst auch immer das letzte Wort behalten, was? Ich kann dir sehr genau sagen, was ich will.« Nun richtete sie das grelle Licht auf Lissy. »Ich will nicht hilflos im Dunkeln mit einer Irren auf einem Scheißwackelfloß herumschippern und am Ende von einem Scheißöltanker gerammt werden!«

»Auf dem Tümpel begegnet uns bestenfalls ein verirrtes Ruderboot! Schwimm doch zurück oder brauchst du dafür eine Nasenklammer?«, schnauzte Lissy und zeigte in die Dunkelheit hinaus.

Erst jetzt wurde ihr bewusst, dass sie den Fluss schon weit hinabgetrieben waren. Es war nicht zu erkennen, ob das Ufer zwanzig oder zweihundert Meter entfernt lag. Vielleicht waren sie schon auf dem See, in den der Fluss überging, um sich dann irgendwann zu einem Gewirr von Nebenarmen und sumpfigen Verzweigungen auszubreiten.

Sie war froh, dass Jule mit der Taschenlampe zum Bug des Floßes gestapft war und die bleierne Schwärze der Nacht zu durchdringen versuchte. So konnte sie nicht den Zweifel in Lissys Augen entdecken – Zweifel, durch den kurze Momente der Angst zuckten.

»Warum sieht man nichts?«, flüsterte Jule. »Und so still ist es.«

Lissy musste ihr recht geben. Nichts war zu hören, nicht einmal das Plätschern der Wellen, das leise Knirschen der Eisentonnen an den vier Ecken der Plattform und das Schlagen der Leine, mit der die Flagge am Mast hochgezogen werden konnte. Vor wenigen Minuten noch hatten die Sterne am Himmelszelt gefunkelt, aber jetzt klebte die Dunkelheit an ihnen.

»Es hat sich wieder zugezogen!«, wollte sie mit fester Stimme sagen und: »Komm, wir verkriechen uns im Zelt!« Jedoch auch über Lissys Lippen kam nur ein heiseres Wispern.

Jule wich, Schritt für Schritt rückwärts gehend, von der Reling. Tastend suchte Lissy nach Jules Hand, als diese neben ihr stand. Jule fuhr erschreckt herum, griff aber ihrerseits zu und flippte mit der anderen Hand hektisch den kleinen Schalter der Taschenlampe hin und her. Beide spürten den kalten Hauch, der sich über ihre Gesichter legte und an ihren Schultern hinunterkroch.

»Nebel!«, sagte Lissy. Sie hielt die Taschenlampe ruhig und zeigte, wie der Lichtkegel sich in einem grauen Nichts verlief. »Eine Nebelbank, das gibt's hier öfter«, flunkerte Lissy, denn sie wusste überhaupt nicht, ob das stimmte. Es klang immerhin wie eine sehr glaubwürdige Erklärung.

»Ja!«, entschlüpfte es Jule mit einem Stoßseufzer. »Bleibt uns wohl nichts anderes übrig, als den Morgen abzuwar...«

Sie hatte die letzte Silbe noch nicht ausgesprochen, da durchschnitt zuerst ein schrilles Lachen und sofort darauf eine dröhnende Sirene die graue Wand, so als bliese ein Fallwind das Alphorn. Etwas großes Weißes durchschnitt den Nebel.

Lissy und Jule erstarrten.

»Der fliegende Holländer«, flüsterte Lissy.

Das dröhnende Nebelhorn der großen Jacht, die direkt auf sie zusteuerte, übertönte alles.

»Wir müssen abspringen«, schrie Jule. Sie stand schon an der Reling. »Lissy, komm schon!«

»Abspringen? Wohl verrückt?«

Lissy sprang zum Rand der Plattform und klemmte das Ruder in das dafür vorgesehene Metallgelenk. Mit schnellen, kurzen Schwüngen bewegte sie das Ruder hin und her, um den Kurs des Floßes zu korrigieren.

»Hilf mir!«, rief sie.

»*Du* bist verrückt!«, schnauzte Jule, stemmte sich aber mit Lissy gegen das Ruder.

Die Jacht näherte sich Meter um Meter, das Floß hingegen schien sich keinen Zentimeter aus der Fahrlinie zu bewegen.

»Fester«, schrie Lissy.

Auf dem Deck der Jacht rührte sich etwas. Ein dickes Männergesicht reckte sich über die Reling. »So eine Schifferscheiße!«, brüllte er. »Ihr verdammten Rotzgören, was macht ihr da?«

Er rannte zum Steuerrad der Jacht und riss es nach rechts. Die Wellen ergriffen bereits die Holzplattform. Im letzten Augenblick wendete sich der Bug des Bootes ein wenig. Die schneeweiße Außenwand schrammte an den Eisentonnen des Floßes vorbei.

»Festhalten!«, schrie Lissy.

Ein bedrohliches Knirschen bohrte sich durch ihren Gehörgang, das Schaukeln wurde wilder. Jule warf sich auf den Boden und umklammerte mit der einen Hand Lissy, mit der anderen den Schaft des Mastes.

»Tümpel!«, trompetete Jule voller Entrüstung und schlang die Decke enger um sich herum. Sie hatte die Beine dicht an ihren Oberkörper gezogen und die Arme um die Knie geschlungen. So saß sie vorne auf dem Floß und versuchte die Dunkelheit mit ihren Blicken zu durchdringen.

»Ist doch noch mal gut gegangen«, antwortete Lissy ebenso barsch. Sie überprüfte nacheinander alle vier Fässer, die dafür sorgten, dass das Floß stabil im Wasser lag. »Die Dinger halten, alle Achtung!«, murmelte sie.

»Ruderboot!«, legte Jule nach. Die Silben knallten wie Peitschenhiebe über das Wasser.

»Gut!«, lenkte Lissy ein. »Ich hatte unrecht. Der Tümpel ist kein Tümpel und ab und zu gibt's auch was anderes hier als ein Ruderbötchen.«

Jule war nicht so schnell zu beruhigen. Ihr steckte der Schreck noch tief in den Knochen. Die Jacht war um Haaresbreite an ihnen vorbeigeschrammt. Nicht einmal um Haaresbreite, denn das Knirschen, als sich die beiden Gefährte berührt hatten, hing ihr jetzt noch in den Ohren. »Wow, die obercoole Lissy muss zugeben, dass sie Mist redet und Mist macht!«

»Wer ist denn auf Matze und Van…«

Weiter kam Lissy nicht. Jule schnitt ihr das Wort ab. »Ich will den Namen nicht mehr hören. Diese hinterlistige Schlange.« Sie wusste nicht, über wen sie sich mehr ärgern sollte. Über Vanessa, die vorgegeben hatte, ihre beste Freundin zu sein, oder über Matze. Eigentlich war von Typen wie Matze nichts anderes zu erwarten, davon war Jule schon immer überzeugt gewesen. Aber dass es selbst ihr so gehen würde, damit hatte sie niemals gerechnet.

»Na gut, jedenfalls hast *du* das Beil genommen …« Lissy kroch in das Zelt in der Mitte der Plattform.

»Aber *du* hast die Leine durchtrennt. Ich wollte bloß Matze und … und diesem Biest den Schädel einschlagen!«

»Und dann im Kerker landen, bei Wasser und Brot, oder am Galgen enden wie eine Piratenbraut!«

»Hör auf!« Jule musste lachen. »Besser am Galgen als mit dir auf ein paar Holzbrettern in den unendlichen Weiten des Ozeans.«

Sie hatte das letzte Wort noch nicht ganz ausgesprochen, da stoppte das Floß von einer Sekunde auf die andere. Jule kippte zur Seite, verhedderte sich in der Decke, biss sich aber auf die Lippen und schluckte den Schreckensschrei hinunter. Auf keinen Fall wollte sie weiterhin wie eine dumme, ängstliche Pute wirken.

Lissy stolperte aus dem Zelt. »Was war das?« Auch in ihrer Stimme schwang ein Unterton von Furcht. Sie verschwand wieder in der Kajüte und kam mit der Taschenlampe zurück.

»Land!«, stieß Jule hervor, als ihr Blick dem Schein der Lampe folgte und sie die Sträucher und Schilfkolben erkannte, die sich im lauen Wind zur Seite neigten, dabei aneinanderrieben und ein knisterndes Geräusch erzeugten.

Lissy sprang ans Ufer, das von einem schmalen Kieselstreifen gesäumt wurde. Hinter dem sacht ansteigenden Strand mit dem Schilf links und rechts erhoben sich ein paar ältere Bäume, kaum höher als ein Laternenpfahl. Lichter oder gar Häuser, ein Weg oder Menschen waren nicht zu sehen.

»Hast du eine Ahnung, wo wir sein könnten?«, fragte Jule flüsternd. Sie wagte es nicht, laut zu sprechen.

»Wir sind im westlichen Hafengebiet gestartet, von da aus müsste die Strömung uns direkt in den Fluss geführt haben. Der wiederum durchfließt den See, kommt wieder raus und dann ...« Sie sprach nicht weiter.

»Was dann?«, drängte Jule.

»Dann sind wir schon fast im Spreewald.«

Jule schluckte. Sie war vor Jahren mit ihrer Mutter, Tante Isi und Onkel Paul schon einmal im Spreewald gewesen. Alle hatten geschwärmt, wie schön und romantisch und verwunschen alles war, aber Jule hatte es gehasst. Millionen von Mücken, Libellen, so groß, dass sie kaum Platz auf ihrer Handfläche gefunden hätten, Wasserratten! Onkel Paul hatte ihr während der ganzen Fahrt mit dem Kahn durch die unzähligen Fließe und Flüsschen, Verzweigungen und Kanälchen Angst gemacht.

»Wenn wir dich hier verlieren, findet dich niemand!«, hatte er gescherzt. Jule fand das damals und auch heute noch alles andere als lustig. »Weißt du eigentlich, wie der Spreewald angeblich entstanden ist?«, hatte Onkel Paul gefragt. »Der Teufel wollte eine Furche für die Spree pflügen, mit zwei Ochsen. Das ging sehr schwer und er kam gar nicht vorwärts. Da wurde er so böse, dass er seine Mütze nach den Ochsen warf, sie lauthals ausschimpfte. Die Ochsen rannten vor lauter Angst los, kreuz und quer und hin und her, und zogen mit dem Pflug krumme, schiefe Furchen noch und noch. Das Wasser verteilte sich überall und lange Zeit traute sich niemand mehr hinein in den Wald, der alles überwucherte.« Als er noch hinzufügte, dass man auch heute noch ab und zu die Schreie des Teufels hören könne, hatte Jule sich auf den Boden des Kahns geworfen, die Augen zugekniffen und die Finger in die Ohren gestopft.

»Hörst du das?«, schreckte Lissy sie aus ihren Erinnerungen.

»Was?«, kreischte Jule.

»Jetzt ist es weg!« Lissy schüttelte ärgerlich den Kopf. »Vielleicht geht's noch ein bisschen lauter! Ich dachte, da sei etwas gewesen. Muss mich getäuscht haben.« Sie ging ein paar Schritte bis zum ersten Kranz von Büschen und niedrigen Bäumen, die den Uferstreifen säumten.

»Was machst du?«, fragte Jule.

»Was wohl? Nachschauen, wo wir sind!«

»Bist du verrückt? Es ist stockdüster, es gibt Sümpfe, Tiere ...«

»Jule!« Lissy trat zurück zum Floß, in dessen Mitte Jule sich aufgebaut hatte, die Hände in die Hüften gestützt. »Bären«, fuhr Lissy fort, »gibt es hier seit dem Mittelalter nicht mehr und ein Fischotter wird dich schon nicht auffressen!«

»Bären?« Jule schüttelte den Kopf. »Keinen Schritt tu ich hierunter! Und du bleibst auch hier! Egal ob's hier Bären oder Schlangen oder meinetwegen Dromedare gibt oder nicht!«

»Du hast jetzt genau zwei Möglichkeiten: durch die raue, dunkle See zurücksegeln oder mit mir kommen und dich dem Kampf gegen die Ungeheuer stellen!«

Jule wurde wütend. »Behandle mich nicht wie eine kleine, dumme Pute. Ist halt nicht jeder so eine Superheldin wie du. Interessierst du dich auch nur ein klitzekleines bisschen dafür, wie es anderen dabei geht?«

»Dich hat keiner gezwungen mitzufahren. Lauf doch heulend zu deiner Mutti. Matze hat recht, du bist eben eine ...«

»Sag nicht *Ische* zu mir, wehe!«, drohte Jule ihr.

Lissy sprang zurück auf das Floß. »Mich jedenfalls kriegst du so schnell nicht zurück. Nicht nach Hause, nicht in die Schule, nicht zu Matze.« Mit einem Satz stand sie plötzlich hinter Jule, zog ihren Kopf am Haarschopf in den Nacken und fuhr mit der Handkante an Jules Kehle entlang. »Matze ist nicht zimperlich, da kannst du Gift drauf nehmen!«

»Aua!«, schrie Jule auf. »Was Matze ist, ist mir so was von egal!« Sie wusste genau: Jetzt musste sie Lissy ein für alle Mal zeigen, dass sie nicht mit ihr machen konnte, was sie wollte. Mit einer schnellen Drehung befreite sie sich geschickt aus Lissys Griff, schlang beide Arme um den Oberkörper ihrer Gegnerin und eine Sekunde später rollten die beiden Mädchen im Ringkampf über die Plattform.

Verbissen wehrte Lissy sich, aber Jules Trainingsstunden im Wasser und im Gymnastikraum hatten sich gelohnt.

Na warte, dachte sie, die Wasserballetttussi wird's dir schon zeigen. Endlich konnte sie Lissy auf den Rücken werfen. Blitzschnell saß Jule auf Lissys Bauch und drückte die Knie auf ihre Oberarme. »Gibst du auf?«, fragte Jule triumphierend.

Lissy schüttelte den Kopf.

Jule legte die Stirn in tiefe Sorgenfalten, neigte den Kopf zur Seite und bettelte wie ein kleines Kind. »Biiitteee! Wir können doch morgen im Hellen schauen, wo wir sind!«

Nun konnte Lissy sich ein breites Grinsen nicht verkneifen. »Hilf mir, das Floß zu vertäuen, und dann machen wir es uns im Zelt gemütlich, okay?«

Eine Viertelstunde später schaukelte das Floß auf den sanften Wellen. An zwei Ecken hatte Lissy jeweils ein Tau festgezurrt und bis zu einem halbwegs stabilen Baum gespannt. »Das hält selbst einen Tornado aus!«, lobte sie ihr Werk.

»Lieber nicht!«, seufzte Jule und deutete auf das Zelt in der Mitte des Floßes. »*Das* hier hält nämlich gerade eben einen lauen Sommerwind aus.« Sie hatte die Kajüte mit einer Decke ausgeschlagen, die kleine Öllampe aus der Werkzeugkiste angezündet, Lissys Rucksack und ihre Sporttasche am Kopfende als Kissen zurechtgelegt und auf ein Tempotaschentuch zwei Keksriegel und eine halbvolle Plastikflasche mit Wasser als Abendessen angerichtet.

»Wow! Ein Luxushotel ist nix dagegen!«, lachte Lissy.

»Wir können uns entscheiden, ob wir jetzt beide Riegel essen oder einen für morgen aufheben – mehr gibt es nämlich nicht.« Sie hatte immer eine eiserne Ration in ihrer Sporttasche, falls sie während des Trainings eine Hungerattacke überfiel. »Es sei denn, du hast noch was in deinem Rucksack.«

Lissy zog ihn hervor. Sie kramte ihr selbst gebautes Fernrohr heraus, ihr Taschenmesser und einen schmuddeligen Fettstift für die Lippen. Als sie eine zerfledderte Ausgabe von *Captain Blood* neben sich legte, rutschte ein sorgfältig in Plastikfolie eingeschlagenes Bild heraus.

»Wer ist das? Deine Mum?«, fragte Jule. Sie hielt das Foto in der Hand. »Wow, das kleine Ding bist ja du, man erkennt dich total! Du hast schon mit zwei Jahren so miesepetrig dreingeschaut!«

»Verdammt, gib das her!« Lissy stopfte das Foto wieder in den Rucksack, holte noch allerlei Krimskrams hervor, bis sie endlich auf einen etwas angedrückten Apfel stieß. »Damit uns der Skorbut nicht dahinrafft«, sagte sie und ließ sich theatralisch auf die Decke fallen.

»Skorbut?«

»Bekamen die Seeleute früher oft: zu wenig Vitamine, Zahnausfall, Muskelschwund, Fieber, Toooood!«

»Du machst mir Mut!« Jule kroch zu Lissy ins Zelt. »Da vergeht einem ja der Appetit.« Sie nahm den Apfel und das Taschenmesser, schnitt die braunen Stellen aus dem Fruchtfleisch und zerschnitt es in vier Teile.

»Hey, an dir ist eine Hausfrau verloren gegangen! Bringt dir das deine Karrieremutti bei?«

»Nein, unsere Haushälterin, Signora Pellonio, für deren Spaghetti Bolognese ich jetzt einen Mord begehen würde!«, antwortete Jule gelassen und schoss dann zurück: »Füttert dich damit dein Chaosvater?« Sie deutete auf die matschigen Reste des Apfels.

Wortlos verdrückten sie ihr karges Abendbrot. Als sie die letzten Krümel der Riegel gierig aufgegessen hatten, wickelte Jule sich in die Decke.

»Und ich?«, fragte Lissy.

Jule hob die Decke an.

Lissy rückte heran, blieb aber eine Handbreit von Jule entfernt liegen.

»Komm schon!«, forderte Jule sie auf. »Noch nie auf einer Pyjamaparty gewesen?«

»Das ist Mädchenkram!«

»Ah«, stöhnte Jule. »Ja, verstehe. Das ist nichts für die coole Lissy Kalikow!« Sie schüttelte genervt den Kopf. »Jetzt leg dich zu mir, zapple nicht und schnarch nicht und zum Einschlafen erzählen wir uns Geschichten.«

»Geschichten?«

»Lissy! Ja, Geschichten. Von Jungs. Liebe. Küssen.«

»Du willst also über Matze reden?«, kicherte Lissy.

»Miststück. Über den gerade nicht. Oder doch: Einmal hat er vor der ganzen Klasse Australien und Alaska verwechselt, und als die alte Merker ihn korrigiert hat, hat er den Mülleimer auf dem Tisch zerdeppert.«

»Und das findest du toll? Ich habe mich schon öfter gefragt, was du an dem findest!?«

»Eifersüchtig?« Jule drehte sich zu Lissy um und leuchtete ihr mit der Taschenlampe ins Gesicht.

»Wegen Matze?« Lissy tippte ihr an die Stirn. »Quatsch. Sag mir einen guten Grund, warum ein Mädchen sich mit Matze abgeben sollte!«

»Er ist der Boss.«

»Der sich von zwei Mädchen das Floß klauen lässt, na super!«

»Es wurmt meine Mum. Ist doch schon mal was, oder?« Ein Grinsen huschte über Jules Gesicht.

»Das ist doch kindisch!«

»Das sagt die Richtige. Spielt auf dem Schrottplatz Piratin und nennt andere kindisch!«

»Woher weißt du das mit dem Schrottplatz?«

»Außerdem sieht Matze gut aus. Das müsstest selbst du sehen.«

Jetzt schaltete Lissy auf Durchzug. Sie drehte sich auf die Seite und rührte sich nicht. Für ein paar Sekunden hörte man nur den Fluss plätschern, ein paar Grillen zirpen und die dürren Äste des Unterholzes an Land knacken.

»Stimmt's?«

Lissy reagierte nicht.

»Ob es stimmt? Gib es zu. Er *sieht* gut aus?! Sag schon!« Jule stürzte sich auf Lissy und bohrte ihren Zeigefinger in Lissys Seite.

»Nicht, ich bin kitzelig«, prustete Lissy.

»Umso besser!« Sie krabbelte mit allen zehn Fingern über Lissys Bauch.

»Hör auf!«, schrie diese, aber ihre weiteren Worte gingen erst einmal in Lachen unter. Sie wehrte sich, strampelte und streckte die Hände ihrerseits nach Jule aus. »Hör auf, aufhören, Schluss!«

Aber Jule hörte nicht auf.

»JAAA! Er *sieht* gut aus!«

»Na also!« Jule warf sich auf die Seite.

»Aber nicht so gut wie Johnny Depp!« Jetzt revanchierte sie sich und kitzelte Jule.

»Nicht!«, schrie Jule.

»Auge um Auge!«

Lissy kitzelte Jule, bis beide erschöpft auf die Decke zurücksanken. Sie schnauften vor sich hin. Jules Haarknoten hatte sich völlig aufgelöst. Lissy strich ihr durch die langen blonden Locken.

»Ohne den blöden Knoten sind deine Haare viel schöner«, flüsterte sie und schmiegte sich an Jule. »Mach die Taschenlampe aus.«

Jule zögerte einen Augenblick, dann knipste sie das fahle Lichtlein aus.

Völlige Schwärze umschloss sie. Langsam gewöhnten sich die Augen an die Dunkelheit. Durch den Ritz am Eingang des Zeltes schimmerten die Strahlen des Mondes, dessen halbe Scheibe am Himmel stand und alles in ein gespenstisches Silber tauchte.

»Du, Lissy?«, flüsterte Jule nach einer Weile.

»Ja?«

»Was macht wohl dein Vater jetzt?«

Ein tiefer Seufzer war die Antwort.

»Und deine Mutter?«, fragte Lissy nach einer kleinen Ewigkeit. Als auch Jule nicht antwortete, schaltete Lissy die Taschenlampe noch einmal ein. »Pass auf: Väter, Mütter und Matzes sind ab jetzt kein Thema mehr, okay?«

Jule nickte. »Okay!«

Tom war so unendlich elend zumute. Immer ging alles schief! Wenn er nur in Lissys Nähe kam, ging alles schief. Schief war gar kein Ausdruck. Wenn er nur ein einziges Mal über die Lippen bringen würde, wie sehr er sie mochte! Aber gerade das war das Problem und nach dem Ereignis im Kaufhaus war es kein Problem mehr, sondern eine richtige Katastrophe.

Er hatte vor dem Mietshaus, in dem Lissy und ihr Vater wohnten, gewartet, hatte den dicken Nachbarn gelöchert, ob er Lissy gesehen habe, war an allen Plätzen gewesen, an denen Lissy sonst anzutreffen war, auf dem Schrottplatz, überall.

Tom kramte sein Handy hervor. Er wählte Lissys Nummer zu Hause.

Es hatte noch nicht richtig geklingelt, als jemand am anderen Ende hektisch den Hörer vom Telefon riss. »Hall...« Es krachte und klackerte, ein dumpfes Geräusch war zu hören und jemand rief: »Mist!«

Lissys Vater. Offensichtlich war ihm das Telefon hinuntergefallen.

Sollte Tom mit ihm sprechen? Er zögerte, vielleicht würde er alles nur noch schlimmer machen. Man wusste nie, wie Lissy reagieren würde, wenn sie es erfuhr.

»Lissy, bitte, sag was!«, rief Herr Kalikow, so laut, dass Tom das Handy vom Ohr nehmen musste. »Das ist nicht so schlimm, das ist doch alles kein Grund, wegzulaufen!«

Lissy war abgehauen.

Tom drückte die rote Taste. Ein schnelles Tuten erklang und auf der beleuchteten Anzeige erschien der Schriftzug: *Verbindung beendet*. Schnell schaltete Tom die Mailbox aus, dann das ganze Handy. Lissys Vater sollte nicht wissen, wer angerufen hatte, nicht bevor Tom mit ihr gesprochen hatte.

Vielleicht hatte sie sich im Bootshaus versteckt! Warum hatte er nicht früher daran gedacht?!

Tom holte tief Luft und machte sich auf den Weg zum Fluss. Noch bevor er die Umrisse der Hütte mit den Ruderbooten im matten Schein der Straßenlaterne erkennen konnte, hörte er eine wütende Stimme.

»Den Hals drehe ich ihnen um, eigenhändig. Wenn auch nur eine Schramme am Floß ist, ertränke ich sie!«

Matze!

Am liebsten hätte Tom genau das mit ihm gemacht – ihm den Hals umgedreht oder ihm zumindest einen ordentlichen Tritt in den Hintern gegeben. Er verfluchte den Augenblick, in dem er auf Matzes Angebot eingegangen war, beim Bau des Floßes mitzumachen. Es war so verlockend gewesen! Einmal dazuzugehören, einmal nicht der Karl Arsch für alle zu sein. Am Ende war er der Karl Arsch für Matze geworden, was am allerschlimmsten war.

Leise duckte Tom sich in den Schatten des Holzschuppens und verharrte einen Augenblick. Er flüsterte ganz nah an der Wand Lissys Namen. Ihm war jedoch klar, dass sie nicht antworten würde, schließlich wusste sie nicht, wer draußen wartete. »Lissy, ich bin's, Tom«, versuchte er es noch einmal, drückte die Tür auf und wartete.

Nichts.

Tom durchsuchte den Schuppen mit der Taschenlampe, leuchtete in jedes Ruderboot – keine Lissy. Er trat wieder in die abgekühlte Abendluft.

Am Ufer flackerten ein paar halb abgebrannte Fackeln, die sie in den letzten Tagen benutzt hatten, um auch nach Sonnenuntergang noch arbeiten zu können. Matze marschierte an der Wasserlinie entlang, fünf Schritte in die eine, fünf in die andere Richtung, trat in den Sand, dass dieser aufspritzte, und fluchte lautstark. Gio und Ratte saßen auf dem Boden. Kowalski sauste aufgeregt auf dem Arm seines Herrchens auf und ab, beschnuffelte Rattes Ohr und sauste wieder los, fast als wollte er Matze nachmachen. Der kleine Nager spürte die dicke Luft.

»Sie wird schon wieder auftauchen, Matze, mach dir keine …« Ratte versuchte Matze zu beschwichtigen.

Tom konnte sich schon denken, was passieren würde, und es passierte.

Matze zerrte Ratte am T-Shirt hoch. »Spar dir deine dämlichen Sprüche, du Schwachmat! Mach dein Maul auf, wenn du einen guten Vorschlag hast.« Er schubste Kowalski, der von Rattes Schulter in den Sand gefallen war, mit dem Fuß weg.

Das kleine weiße Fellknäuel schleuderte fast bis zum Wasser, rannte dann aber blitzschnell zurück zu seinem Besitzer und kletterte mit panischem Fiepen an Rattes Hosenbein hoch.

Bevor Matze in seiner Wut auch über Gio herfiel, der sich immer kleiner zusammenkauerte, machte Tom sich bemerkbar. Er räusperte sich und ging langsam zum Strand hinunter.

Sofort stürzten die drei Jungs ein paar Schritte auf ihn zu, Matze voran. »Ach, der Rotfeuerfisch, der nicht mal eine Sektflasche klauen kann!«, knurrte er.

»Das Floß ist weg. Lissy und Jule haben es geklaut«, raunte Gio Tom zu.

»Was?« Tom suchte das Wasser ab.

Gio hatte recht. Kein Floß. Das erklärte, warum Lissy wie vom Erdboden verschluckt war. Er konnte sich das Grinsen kaum verkneifen. Das geschah Matze recht und er bewunderte Lissy noch mehr als bisher. Dass sie das wagte, es Matze so auf diese Weise heimzuzahlen!

»Wie konnte das denn passieren? Hast du es nicht mit der Kette gesichert, als du gegangen bist?«, fragte Tom, obwohl ihn das Floß ungefähr so sehr interessierte wie eine Geschichtsstunde bei dem alten Wiesel.

»Hat Herr Klugscheißer vielleicht sonst noch irgendwelche Fragen? Natürlich habe ich das!«, blaffte Matze.

Mit einer der Fackeln in der Hand suchte Tom das Ufer ab. »Die Kette kriegst du nur mit schwerem Werkzeug kaputt.« Er stockte. Im Schein der Flamme schimmerte die dicke Kette aus massivem Eisen, mit der jede Nacht das Floß an einem Poller befestigt wurde. Tom verfolgte sie bis zu dem Eisenpfahl und wieder zurück. »Die Kette ist in Ordnung und das Schloss ist offen!«

»Das ist doch egal, was damit ist! Dann haben die Weiber es eben geknackt!«

»Aber das Seil hier«, er deutete auf das Seil, mit dem sie das Floß tagsüber vertäuten, »ist durchgeschnitten. Hast du unser Floß gar nicht mit der Kette …«

»Spielst du hier den Kommissar oder was?«, schnitt Matze ihm das Wort ab. Er war nur wenige Zentimeter von Tom entfernt. Sein Gesicht hatte sich zu einer Fratze verzerrt, die im Flackern des offenen Feuers fast dämonische Züge annahm.

Tom blickte ihn direkt an. Es erschien ihm wie eine Ewigkeit, wie sie so voreinanderstanden.

Plötzlich verlor Matze für Tom den Schrecken. Irgendetwas in Matzes Augen war es. Es flackerte etwas darin, das nichts mit dem Fackelschein zu tun hatte, das nicht Wut war und nicht Ärger. Irgendetwas stimmte nicht. Er lügt, dachte Tom.

»Die Weiber haben unser Floß und schippern damit in der Gegend herum, und wenn wir die Kiste nicht in drei

Tagen vorführen können – aus die Maus. Nix Wettbewerb, nix erster Platz, nix fünfhundert Euro!«, fluchte Matze.

»Oder sie hatten einen Schlüssel«, schoss Tom einen Versuchsballon ab.

Jule! Vielleicht hatte sie den Schlüssel besorgt und gemeinsam mit Lissy … – das war sonderbar, ausgerechnet Jule und Lissy, die sich nicht mochten, die wie Feuer und Wasser waren. Aber Jule hätte den Schlüssel bei Matze mitgehen lassen können.

»Wer hatte den Schlüssel denn zuletzt?«, fragte Tom.

Er wusste genau, wer es war. Matze hatte immer den Schlüssel und bisher hatte er ihn nie herausgerückt.

Gio winkte ab. Er saß wieder im Schein der fast heruntergebrannten Fackeln und jammerte leise vor sich hin, dass er die Kohle für den ersten Platz brauche, die Ferien sonst gelaufen seien. Ratte schüttelte auch den Kopf und stimmte in Gios Gemaule ein. Er hatte einen neuen, riesigen Käfig für Kowalski kaufen wollen, weil er ihn zu Hause nicht frei herumlaufen lassen durfte.

»Ist doch wohl egal, wie sie es gemacht haben!« Matze schubste Tom zur Seite und stapfte in die Dunkelheit.

»Was hast du vor?«, rief Tom ihm hinterher.

Matze drehte sich um und ging die paar Schritte zurück zu den anderen Jungs. Er stellte sich hinter Gio, grub seine Hände in die dichten schwarzen Haare des Italieners und riss seinen Kopf zurück.

»Au!«, schrie Gio, rührte sich aber nicht.

»Die schnappe ich mir«, presste Matze hervor, »und dann …« Er legte die flache Handkante wie die Schneide eines Dolches an Gios Hals und zog sie mit einem Schwung von links nach rechts, als würde er ihm die Kehle aufschlitzen.

Dazu musst du sie erst mal finden, dachte Tom und beschloss, Matze von dieser Minute an nicht mehr aus den Augen zu lassen.

Ein Geräusch hatte Lissy geweckt, ein Kreischen, ein Schrei, vielleicht ein Vogel. Sie rieb sich die Augen, schaute nach rechts, aber der Platz neben ihr war leer. Leise rief sie mit noch krächzender Stimme Jules Namen, erhielt jedoch keine Antwort.

Wo war sie abgeblieben? Hatte sie sich etwa aus dem Staub gemacht und Lissy alleine zurückgelassen? Lissy schüttelte den Kopf. Jule war einiges zuzutrauen, auch wenn sie äußerlich wie eine blöde Ziege wirkte und sich oft auch so benahm. Aber im Kampf gegen Matze hatte sie bereits bewiesen, was in ihr steckte. Und einfach abhauen? Nein, beschloss Lissy, Jule würde nie einfach abhauen, schon gar nicht still und heimlich, weil sie nicht auf einen großen Abgang verzichten würde, mit allem Tamtam und Täterätä.

Die klamme Morgenluft hatte alles mit einem feuchten Film überzogen, aber die Sonnenstrahlen suchten sich schon einen Weg durch den Spalt am Zelteingang.

Lissy kroch hinaus. Sie streckte und reckte sich und genoss die erste sanfte Wärme des Tages. Vor ihren Augen breitete sich die spiegelnde Fläche des Sees aus. So weit sie schauen konnte, nichts als Wasser. Nur im Osten war gegen die aufgehende Sonne ein schmaler Streifen Land am Horizont auszumachen. Nach rechts und links von ihrer Ankerstelle aus konnte man nicht sehr weit sehen. Vermutlich waren sie auf einer der kleinen Inseln gestrandet. In diesem Fall konnte Jule nicht weit sein. Oder es war eine der Landzungen, die sich in dieser Gegend manchmal kilometerweit erstrecken konnten.

Lissy stieg vom Floß hinunter an den kleinen Kieselstrand. Das Wasser war glasklar. Sie konnte den ganz flach abfallenden Grund des Sees einige Meter weit verfolgen. Winzige silberne Fischlein wirbelten zwischen den Steinen und den Wurzeln herum, die aus dem Wasser hervorragten. Als Lissy die Hand hineintauchte, um sich die Nacht aus dem Gesicht zu spülen, zischten sie wie kleine Raketen davon und brachten sich in der Tiefe in Sicherheit.

Ob man das Wasser trinken konnte? Brennender Durst quälte Lissy, schon seit sie in der Nacht immer wieder aufgewacht war – vom Hunger ganz zu schweigen. Pop behauptete immer, sie verspachtle mehr als ein ausgewachsener Braunbär, was aber nie bewiesen werden konnte, weil sie noch nie einen Braunbären getroffen hatten. Jetzt jedenfalls knurrte ihr Magen, und zwar garantiert lauter, als jeder Bär knurren konnte.

Der Versuch, die Gedanken an Pop abzuschütteln, misslang.

Lissy hatte von ihm geträumt. Er war in seinem Hawaiihemd durch die Küche geflogen, immer an der Decke entlang und hatte gelacht. Zuerst hatte Lissy geglaubt, er freue sich darüber, dass Lissy die Versetzung geschafft hatte, aber dann verfingen sich seine Arme in der Girlande, die sie gebastelt hatte. Er wurde wütend, seine Augen surrten und Lissy erkannte, dass es gar keine Augen waren, sondern Kameralinsen, wie die der Überwachungsanlage im Kaufhaus. Plötzlich hatte sich die Decke der Küche geöffnet und Pop war davongeflogen, fluchend und schimpfend, und Lissy war aufgewacht.

Lissy tauchte die Finger noch einmal in den See, schöpfte eine Handvoll Wasser heraus, trank es aber doch nicht. Vielleicht sollte ich mir eine Angel bauen?, überlegte sie. Beim Gedanken, dass vielleicht ein Fisch anbeißen könnte, den sie dann töten, ausnehmen und braten sollte, fuhr es ihr jedoch kalt den Rücken hinunter.

»Flitzekacke!«, fluchte sie laut. »Wo ist die blöde Ziege bloß?!« Sie legte die Hände wie eine Flüstertüte um den Mund und schrie: »Juleeeee!«

Wie ein Echo erschallte in gar nicht allzu weiter Ferne: »Lissyyyyy!«

»Wo bist du?«, antwortete Lissy wieder mit der ganzen Lautstärke, die ihre Lungen hergaben.

»Auf der anderen Seite!«, kam prompt die Antwort.

Auf der anderen Seite? Traf ihre Vermutung zu, dass sie

auf einem der Inselchen waren? Lissy stapfte über den Kieselstrand, durchquerte den schilfbewachsenen Uferstreifen und schlug sich geradeaus in die Büsche. Dahinter begann ein höchstens zweihundert Meter breites Wäldchen, das am anderen Ende wieder in ein Gestrüpp aus niedrigen Sträuchern überging. Lissy durchbrach die Hecke, deren Äste ihr die Beine zerkratzten. Plötzlich stand sie an einem kleinen Strand.

»Guten Morgen, Kapitän! Dein Smutje hat sich ums Essen gekümmert«, begrüßte Jule sie. »Das ist Daniel und das Klaus. Oder umgekehrt!« Sie lachte.

Vor Lissys Augen breitete sich ein wahres Festmahl aus, jedenfalls wenn man seit vielen Stunden mit einem Schokoriegel und einem matschigen Apfel hatte klarkommen müssen. Schwarzbrotscheiben, Bananen, Orangensaft, Erdnussflips, Lakritzschnecken, eine Dose Ravioli – es war für jeden Geschmack etwas dabei.

Warum standen Leute wie Jule morgens auf, am Ende der Welt, mitten im Nirgendwo, und fanden jemanden, der ihnen ein Frühstück servierte?

Lissy musste zugeben, dass Jule schlicht und einfach hübsch war und nicht nur das. Wenn sie dieses freundliche Lachen losschickte, musste man sie einfach mögen, viel mehr brauchte Jule gar nicht zu tun. Wenn Lissy ganz ehrlich mit sich war, wünschte sie sich ein klitzekleines bisschen von Jules Lockerheit. Selbst wenn sie sich größte Mühe gab, ein wenig nett und gefällig zu sein, ging es oft schief.

Daniel, ein hochgewachsener Blondschopf, der bei Lissys Anblick unbeholfen aufgesprungen war, strich mit einer Hand über seine vom Schlaf zerzausten Haare. »Hi! Setz dich doch!«

Lissy rührte sich nicht vom Fleck. Der Duft von Kaffee zog ihr in die Nase. Augenblicklich meldete sich auch ihr Magen wieder, aber sie stand mit missmutiger Miene da.

Erst als der Junge einen zusammengefalteten Schlafsack aufklappte, ihr Platz machte und noch einmal freundlich nickte, setzte sie sich. Sie zog sofort die Knie an die Brust und legte die Arme darum. Auf dem zweiten Schlafsack rekelte sich Jule neben dem anderen Jungen, den sie als Klaus vorgestellt hatte. Seine froschgrünen Augen schienen nur an Jule und ihren bereits vorhandenen Rundungen zu hängen.

Sobald Jungs in der Nähe waren, ging Jule ihr auf den Geist und sie konnte das kaum verbergen. Jule war nur ein Jahr älter als Lissy, aber hatte schon geknutscht mit Matze – wenn nicht mehr! Und sie selbst? Sie träumte von Piratenkapitänen aus Hollywoodfilmen! »Wir müssen weiter!«, murrte Lissy.

»Wir müssen erst mal frühstücken!«, erwiderte Jule und biss genüsslich in ein Stück Brot, auf das sie gleich zwei Scheiben Fleischwurst gelegt hatte. »Die Jungs sind super ausgestattet«, brabbelte sie mit vollem Mund.

»Nicht mehr lange, das sollte eigentlich für zwei Wochen reichen!«, lachte Klaus, hielt Lissy aber auch einen Becher mit dampfendem Kaffee hin. »Wir machen eine

Tour flussaufwärts. Der letzte Urlaub, bevor die Paukerei fürs Abi beginnt.«

Lissy nahm den Becher.

Daniel reichte ihr ein Wurstbrot. »Na ja, es wird schon für alle langen!«

»Lieber ohne Wurst?!«, bat Lissy vorsichtig.

»Auch noch Sonderwünsche«, stichelte Jule.

»Ich esse kein Fleisch!« Lissy versuchte so cool wie möglich zu bleiben, nahm die Scheibe Salami von ihrem Brot und klatschte sie auf die Schnitte von Jule.

Die Jungs schauten sich verwundert an. Klaus zog die Stirn kraus, als wollte er sagen: *Hoppla, dicke Luft.*

Daniel reichte Lissy eine kleine Einmalportion Marmelade. »Wir haben für jeden das Richtige.«

»Ich hab den Jungs schon erzählt, dass wir, äh, ein bisschen überstürzt aufgebrochen sind«, sagte Jule.

Überstürzt aufgebrochen? Lissy verzog das Gesicht. So konnte man es auch nennen. »Und was hast du sonst noch erzählt?«, fuhr sie Jule patzig an.

»Dass wir zu deinem Onkel Fred auf den Frachter wollen.« Jule schlug die Augen nieder.

Willst du nicht gleich eine Nachrichtendurchsage machen und unsere Koordinaten in ein Satellitensuchsystem eingeben?, dachte Lissy, verkniff sich aber eine weitere Bemerkung. Sie wollte nicht vor den fremden Jungs einen ihrer Wutausbrüche aufs Parkett legen.

»Das wird mit einem Floß aber eine fiese Plackerei!«, warf Daniel ein. »Kaum Wind heute und die Strömung wird euch auf dem See auch nicht helfen. Die geht erst nördlich vom Wald wieder richtig los, hinter der großen Schleuse. Bis ihr hier weg seid, müsst ihr erst mal ordentlich rudern!«

»Umso mehr ein Grund, hier nicht länger herumzutrödeln!«, versuchte Lissy dem Frühstück ein schnelles Ende zu machen. Sie verschwieg, dass sie keine Ahnung hatte, wie es nördlich vom Wald überhaupt weiterging, auch nicht, wie es *im* Wald aussah und wo welche Schleuse war. Auf dem Floß hatte sie alles Nötige gefunden, nur keine Wasserkarte.

Jule rührte sich nicht vom Fleck. Im Gegenteil, sie machte es sich nun erst recht gemütlich und streckte sich auf dem Schlafsack aus. Sie aalte sich in den ersten Sonnenstrahlen, schenkte Klaus ein verführerisches Lächeln und fragte: »Hey, Jungs, ihr lasst uns doch bestimmt nicht hängen!?«

Keine halbe Stunde später bewegten sie sich zügig über den See. Der kleine Motor des orangefarbenen Schlauchboots, das einst der Lebensrettungsgesellschaft gehört hatte, mühte sich ab und schien immer wieder den Geist aufzugeben, aber er schaffte es doch. Mit dem Floß im Schlepptau tuckerte das Boot dem westlichen Ufer des Sees entgegen, genau dorthin, wo das große Gewässer in einen zuerst noch breiten Arm der Spree überging, der

sich dann in die unzähligen Fließe des Spreewalds verzweigte.

Die beiden Jungen winkten ihnen zwischendurch zu.

Lissy jedoch saß missmutig auf der Plattform. Sie konnte auf keinen Fall zugeben, dass die Waffen einer Frau einen bei Gelegenheit auch einmal weiterbringen konnten. Erst als Jule ihr herausfordernd die Zunge herausstreckte, huschte endlich ein Lächeln über Lissys Gesicht.

Jule hopste über die Plattform und warf sich neben Lissy. »Du bist wirklich hübsch, wenn du lachst!«

Jetzt streckte Lissy ihr die Zunge heraus.

Die beiden Jungs zogen das Floß so weit wie möglich in die ersten Fließe des weiten Spreewaldes. Die Wasserfläche war schmal und schmaler geworden, immer wieder durchsetzt von kleinen Inselchen und Sandbänken, auf

denen gerade ein paar Enten und Schilfbüschel Platz hatten. Irgendwann gelangten sie an einen Uferstreifen, den ein großes Schild mit allerlei Verboten und Geboten verschandelte. Am deutlichsten wies es unter Androhung von Strafen und Bußgeldern darauf hin, dass mit Motoren angetriebene Boote hier streng verboten seien.

»Ab hier müsst ihr staken«, sagte Daniel und deutete auf eine der langen Holzstangen, die an der Seite des Floßes befestigt waren. »Damit kommt ihr hier am besten voran.«

»Wenn ihr nicht mit dem Mast irgendwo hängen bleibt!«, ergänzte Klaus. »Es wird ganz schön verschlungen, verwachsen und ...«, er riss die Augen weit auf, »v-e-r-w-u-n-s-c-h-e-n!« Er betonte jeden Buchstaben einzeln und machte eine Grimasse, als wäre er sich sicher, dass niemand von einer Fahrt in diese Welt zurückkäme.

»Hältst uns wohl für ängstliche Ziegen?« Jule zog patzig eine Augenbraue in die Höhe.

Ein Grinsen huschte über Lissys Gesicht. Jule ist ein echtes Biest, dachte sie. Jetzt hatte sie, was sie wollte, und die Typen konnten Leine ziehen. Nichts mehr mit »Ach, wie lecker der Kaffee duftet!«, mit bewunderndem Augenaufschlag oder mit »Ob euch das *echt* gelingt, uns abzuschleppen?!?«, nichts mehr mit Kätzchenblick und affektiertem Kichern über die Doppeldeutigkeit!

»Komm, hilf mir, Lissy!«, forderte Jule ihre Begleiterin auf und machte sich am Sockel des Mastes zu schaffen. Eine halbe Minute später lag der Mast quer über das Floß gelegt in seiner Verankerung. »Voilà!«, präsentierte sie das Ergebnis den Jungs.

Lissy löste die beiden Seile, mit denen das Floß im Schlepptau gelegen hatte, und warf sie Daniel zu. »Vielen Dank!«, rief sie, nahm sich eine Holzstange und versenkte die Spitze im Wasser.

Pop hielt den Kopf unter das fließende Wasser. Der kalte Strom aus der Brause weckte die Lebensgeister in ihm. Sein Kopf brummte und der Rücken tat weh, weil er verkrümmt im Ohrensessel aufgewacht war. Er hatte kaum geschlafen.

Zuerst hatte er am Abend zuvor gar nicht bemerkt, dass Lissy verschwunden war. Er hatte das Eintritt-verboten-Schild an ihrer Zimmertür respektiert, aber als sie auch nach zwei Stunden seiner Aufforderung, mit ihm zu sprechen, nicht nachgekommen war, hatte er die Nase voll gehabt – und festgestellt, dass seine Tochter abgehauen war.

Nun erst war ihm klar geworden, wie wenig er von Lissy wusste. Keine einzige Telefonnummer einer Freundin, bei der sie hätte sein können, kannte er. Nicht einmal den Namen von jemandem, außer diesem Tom, der ein paarmal da gewesen war! Auch auf Budenkötters Schrottplatz war sie nicht gewesen.

»Sie wird schon wieder auftauchen. Ihr ist schon nichts

zugestoßen. Lissy hat das Herz einer Piratin!«, hatte Budenkötter ihn zu beruhigen versucht.

Nun stand die Küchenuhr auf zehn nach acht. Pop hätte im Kaufhaus anrufen müssen, aber sein Job war ihm egal. Sollten sie ihn doch rauswerfen! Er zog sich ein frisches T-Shirt über, stieg in die erstbeste Jeans, die ihm unter die Finger kam, und saß wenige Minuten später in dem Renault.

Budenkötter stand im vierten Stock am Fenster und winkte ihm zu. Der dicke Mann ballte die rechte Faust und reckte den Daumen in die Höhe.

»Ja, wird schon gut gehen!«, murmelte Pop.

Als hätte das klapprige Auto gespürt, was los war, sprang die Maschine beim ersten Startversuch an.

Vor der Polizeiwache rollte ein Abschleppwagen auf ein blitzblank poliertes rotes Cabriolet zu, das im absoluten Halteverbot stand. Pop fluchte, weil er sein Auto ebenfalls dort abstellen wollte. Er fuhr einmal um die Ecke, stellte den Renault auf einen offiziellen Parkplatz und ging mit schnellen, großen Schritten zurück zur Wache.

Am Tresen stützte sich ein spindeldürrer Polizist auf die Ellbogen und kraulte mit einem Stift in seinen Koteletten, die bis auf seine Backen wuchsen. Er fragte eine Dame in einem eleganten Kostüm mit Nadelstreifen, die auf der anderen Seite des Tresens stand und aufgeregt mit der

Spitze ihrer hochhackigen Pumps auf den gefliesten Boden klackerte: »Ein Floß? Sie hat ein Floß geklaut? Geklaut? Dann ist es doch keine Vermisstenanzeige, die Sie aufgeben wollen, sondern ein Diebstahl?« Mürrisch strich der Polizist auf einem Formular einen Eintrag durch.

»Nein. Doch! Ach, Sie bringen mich ganz durcheinander!«, platzte es aus der Frau heraus. »Und so einer soll für unsere Sicherheit sorgen!«

Den Tonfall kannte Pop. Elena Rosch, Jules Mutter, seine Chefin!

»Meine Tochter ist verschwunden!«, flehte Frau Rosch den Polizisten an.

»Meine auch«, machte Pop sich bemerkbar.

»Sie sind also der Vater?«, fragte der Polizist.

»Ja.«

»NEIN!«, schrie Frau Rosch nun.

»Was denn jetzt? Ja oder nein? Das ist eine Polizeiwache, kein Affenstall!«

»*Seine* Tochter hat *meine* Tochter entführt! Auf einem Floß, Sie verstehen aber auch gar nichts!« Der Unterton in der Stimme seiner Chefin war nun nicht mehr ungeduldig und zickig, wie sie sein konnte, wenn ein Verkäufer in der Unterhosenabteilung die Waren nicht ordentlich einräumte, sondern drohend, am Rande eines Wutanfalls.

»Also nicht abgehauen, kein Diebstahl, sondern eine Entführung.« Der Polizist strich wieder etwas auf seinem Blatt durch. Stattdessen schrieb er *Entführung* hin, dann aber zerknüllte er das Papier und warf es weg.

Bevor seine Chefin endgültig aus der Haut fahren konnte und vielleicht wegen Beamtenbeleidigung angezeigt wurde, zog Pop sie beiseite. Er versuchte sie zu beruhigen und ließ sich erzählen, was sie von Vanessas Mutter erfahren hatte.

»So, gnädige Frau!«, mischte sich der Wachtmeister wieder ein. »Jetzt sage ich Ihnen mal was. Wenn wir jedes Mal, wenn zwei Gören eine Nacht nicht nach Hause kommen, eine Großfahndung herausgäben, dann hätten wir viel zu tun! Ihre Sprösslinge haben sich ein Floß geklaut und einen schönen Abend gemacht. Wahrscheinlich sitzen sie schon in Ihrer Küche, sind todmüde und warten nörgelig aufs Frühstück.«

»Jetzt reicht es mir aber wirklich!«, platzte es aus Elena Rosch hervor. »Ich nehme die Sache selbst in die Hand.« Mit energischen Schritten stürmte sie hinaus, machte aber auf dem oberen Treppenabsatz vor der Wache eine Vollbremsung.

Pop, der ihr schnell gefolgt war, rempelte sie von hinten an.

Sie starrte auf den Platz, wo vor wenigen Minuten noch ihr Cabrio gestanden hatte. Der Abschleppwagen hatte das rote Auto an den Haken genommen und fuhr gerade damit um die nächste Ecke. »Was ist das denn?«, hauchte seine Chefin nur noch.

»Ein Abschleppwagen, der gerade Ihren Flitzer abschleppt!«, sagte Pop. Er gab sich größte Mühe, keinerlei Schadenfreude in seiner Stimme mitklingen zu lassen. Stattdessen nahm er seine Chefin bei der Hand und führte sie in die Seitenstraße, in der sein Auto parkte. »Wir nehmen mein Auto!«, eröffnete er ihr und deutete auf seinen Renault.

Frau Rosch verzog das Gesicht.

»Zugegeben, es springt nicht immer an ...«

»Na bravo!«

»... aber wenn es fährt, dann fährt es!«, vollendete Pop seinen Satz.

Nach nur drei Versuchen knatterte der Motor endlich und das Gefährt setzte sich in Bewegung. Pop schickte einen stillen Dank zum Schutzpatron aller Oldtimer. Es wäre ihm mehr als peinlich gewesen, wenn ihn das Auto ausgerechnet bei dieser Gelegenheit im Stich gelassen hätte.

Sofort legte Frau Rosch los wie ein Maschinengewehr. »Zuerst zum Bahnhof, dann das Zentralkrankenhaus oder besser zuerst zur Feuerwehr, dann zum Busbahnhof«, lauteten ihre Vorschläge.

Pop ließ sich nicht beirren. Als seine Begleiterin merkte, dass er eine ganz andere Richtung einschlug, und ihm zweimal ins Lenkrad griff, platzte Pop der Kragen. »Ruhe jetzt!«, brüllte er sie an. »Die Mädchen haben ein Floß gekapert, also suchen wir am Fluss nach ihnen, verstanden?!«

»Da kommt jemand!«, warnte Ratte die anderen.

Tom erkannte den Mann hinter dem Steuer der knatternden Rostlaube als Erster, obwohl er um diese frühe Zeit kaum aus den Augen gucken konnte. Er hatte die ganze Nacht wach gelegen, sich hin und her gewälzt, überlegt, ob er noch einmal bei Lissys Vater anrufen sollte, es dann aber doch nicht getan. Einen kurzen Augenblick spielte er mit dem Gedanken, einfach abzuhauen, dann erschien es ihm doch schlauer, Matze und die beiden anderen Deppen nicht alleine mit Lissys Vater zu lassen.

Der alte Renault verlangsamte jedoch sein Tempo kaum, sondern fuhr weiter. Eine Frau auf dem Beifahrersitz redete ohne Pause auf den Fahrer ein.

»Mist, Jules Mutter!«, presste Matze zwischen den Zähnen hervor.

»Und Lissys Vater«, ergänzte Ratte.

»Schnell, wirf die Plane über den Kram!«, befahl Matze.

Gio gehorchte sofort. Die Getränke, die Seile, zwei Öllampen und ein länglicher schwarzer Kasten, der dem Klarinettenkoffer von Toms kleiner Schwester ähnelte, verschwanden unter einem grünen Wachstuch, mit dem das schnelle Motorboot vor Regen geschützt wurde.

Tom fragte sich, wie Matze an dieses teure Ding gekommen war. Auf jeden Fall nicht mit legalen Mitteln, denn man brauchte einen Führerschein, um dieses kraftstrotzende Geschoss über den Fluss schippern zu dürfen. Und den hatte Matze sicher nicht.

Ratte hatte die Plane wieder zurückgeworfen und den schwarzen Kasten geöffnet.

»Was ist das denn?« Toms Augen quollen fast über. Er sprang vom Landungssteg in das Boot und nahm die Harpune aus dem Kasten. »Was willst du denn damit, Matze?«, fragte er entsetzt.

»Für alle Fälle!«

»Für *welche* Fälle? Matze! Ein Boot klauen ist eine Sache, aber …«

»Die Kiste ist nicht geklaut, Arschloch!«, schnitt Matze ihm das Wort ab. »Das Boot ist geliehen. Ich hab zweihundert Euro hingeblättert, für den Schlüssel und dafür, dass der Typ im Jachthafen dem Geldsack nichts erzählt, dass wir seine Rakete mal ausgeborgt haben.«

Kein Wort glaubte Tom ihm. Matze war immer pleite und zweihundert Euro hatte er garantiert schon seit einem Jahr nicht mehr auf einem Haufen gesehen. Das Rennboot war Tom sowieso egal. Die Harpune allerdings machte ihm Angst. »Du willst doch nicht auf Lissy …«

»Wer will was nicht auf Lissy?«, erklang eine Stimme hinter ihm.

Tom zuckte zusammen. Als er sich langsam umdrehte, stand Herr Kalikow da.

Er und Jules Mutter hatten das Auto ein bisschen weiter unten auf der Uferstraße abgestellt und sich unbemerkt den Jungen genähert.

Aus den Augenwinkeln sah Tom, dass Ratte die Harpune schnell unter der Plane verschwinden ließ. Matze verschränkte die Arme vor der Brust und zog die Mundwinkel nach unten.

»Wo ist Lissy!?«

Herr Kalikow stieß jedes der drei Worte mit solchem Nachdruck aus, dass Tom sich erschreckte. »Sie, sie hat mit Ju…«, rutschte ihm heraus, aber Matze trat ihm in die Kniekehlen.

»Vielleicht«, Matze machte eine Klaufingergeste und grinste dabei hämisch, »eingebuchtet? Ihr Töchterchen ist ja nicht von schlechten Eltern, oder?«

Jules Mutter, die sich bisher im Hintergrund gehalten hatte, platzte der Kragen. Sie drängelte sich nach vorne, schnauzte Herrn Kalikow an, von wegen, dieser wisse besser, wie man mit den Jungs rede! Sie packte Matze am

T-Shirt. »Du aufgeblasene Rotznase! Wo ist Jule? Wo sind die Mädchen? Wo ist das verdammte Floß!? Vanessa hat mir alles erzählt, und wenn du mir nicht auf der Stelle …«

Weiter kam sie nicht.

Sie hatte Matze bei jedem Wort die Spitze des Zeigefingers ein wenig tiefer in die Brust gebohrt. Er war Stich für Stich ein Stückchen weiter zur Kante des Stegs zurückgewichen. Beim letzten Wort sprang Matze zur Seite und Elena Roschs Fingerstich ging ins Leere. Sie verlor das Gleichgewicht, stolperte über eine schlaff gespannte Kette, die den Steg ungenügend absicherte. Einen Moment balancierte sie an der Kante. Dann stürzte sie mit einem schrillen Schrei ins Wasser. Sie tauchte prustend wieder auf und stieß Flüche aus, die Tom selbst bei den Hafenarbeitern noch nicht gehört hatte, wenn diesen ein Container beim Abladen verrutscht war.

Lissys Vater starrte entsetzt zu der um sich schlagenden und paddelnden Frau hinunter.

»O Scheiße!«, flüsterte er, schrie dann aber die Jungs an. »Tut doch was!«

»Tun Se doch selbst«, lächelte Matze kalt, gab Gio und Tom einen Stoß und sprang selbst in das Motorboot. »Los, wir dürfen keine Zeit mehr verlieren.«

Tom stand wie angewurzelt da. Die Gedanken purzelten kreuz und quer durch seinen Schädel. Sollte er Matze in den Hintern treten und Lissys Vater beichten, wie alles gelaufen war und dass Matze eine Harpune hatte und dass er die Mädchen jagen wollte? Er entschied sich für seinen ursprünglichen Plan. Immer an Matze dranbleiben, dann hatte er die größte Chance, als Erster bei Lissy zu sein und ihr helfen zu können. Er sprang in das Boot.

Jules Mutter war mit ein paar schnellen Zügen zu der kleinen, verrosteten Leiter geschwommen, über die man auf den Steg steigen konnte. Sie rutschte auf den unteren, glitschigen grünen Sprossen einige Male aus, zog sich dann aber hoch. Triefend nass, mit aufgelöster Frisur und verschmierter Schminke ließ sie sich auf die ausgebleichten Planken fallen.

»Gott sei Dank! Noch mal gut gegangen«, seufzte Herr Kalikow erleichtert.

»Gut gegangen? Sie hätten mich wohl ersaufen lassen, was?«

Der Rest ihres Wutanfalls ging im Röhren des Außenbordmotors unter, den Matze angeworfen hatte. Der schmale Bug des Boots stieg steil in die Höhe, als er Gas gab. Ratte, Gio und Tom konnten sich gerade noch an der Reling festklammern, wenige Sekunden später pflügten sich die Schrauben schon durch das Hafenbecken mit Kurs auf den Fluss.

Matze stieß ein gellendes Geheul aus, wie ein Wolf, der sein Rudel zur Jagd rief.

Im ersten Moment schien es, als wollte der schlammige Untergrund, auf den Lissy nach nur einem guten Meter stieß, das Holz verschlucken. Die Stange sackte tief und tiefer, fand dann aber doch Widerstand. Lissy drückte sich fest ab. Das Floß bewegte sich in Zeitlupentempo vorwärts.

»Gar nicht so einfach«, murmelte sie, denn auch beim nächsten Versuch blieb der Stab fast im Boden stecken.

Die Rufe von Klaus und Daniel und die Geräusche des kleinen Motors, der die beiden schnell davontrug, drangen nur noch wie durch Watte zu Lissy, sosehr war sie damit beschäftigt, den Trick herauszufinden, wie sie die Stange am besten ansetzen musste. Nicht zu weit hinten, nicht zu steil, aber auch nicht zu flach. Nach ein paar Versuchen glitten sie schon schneller über das Wasser.

Links und rechts säumten freie Uferböschungen, teilweise mit hohem Gras und Schilf bewachsen, ihren Weg. Schnell jedoch wurde der kleine Kanal immer schmaler, der Bewuchs wechselte von Sträuchern auf Laubbäume, die sich teils hoch hinaufreckten, teils vornübergebeugt bis auf das Wasser reichten. Der Auenwald verwilderte mit jedem Schub, den Lissy das Floß vorantrieb. Ufer und Wasser schienen ineinanderzufließen, weil sich in der strahlenden Sonne das satte Grün auf der Oberfläche spiegelte.

Nachdem das Tuckern des Schlauchbootes verklungen war, bemerkte Lissy erst die lautstarke Stille, die sie umgab. Das Gluckern der sanften Wellen, die das Floß zog, Knistern und Knacken im Gebüsch, das hohe Fiepen eines Vogels, vielfach beantwortet von anderen Rufen aus dem hohen Gras, aus der Luft, sogar aus dem Wasser, wie es Lissy schien. Fast konnte man glauben, dass sich die Nachricht von ihrer Ankunft in dieser verlassenen Gegend wie ein Lauffeuer herumsprach.

Die Hinweise auf Menschen wurden immer seltener. Hier und da sahen sie eine morsche Holzhütte, einen strohgedeckten Heuschober auf einer kleinen Landzunge, wackelige Stege und eine Brücke, die eine sumpfige Stelle überspannte. Schon bald waren die kleinen Trampelpfade verschwunden, die sich anfangs noch am Ufer entlangzogen. Lissy blickte einige Male hinter sich, aber sie konnte keinen Unterschied mehr erkennen zwischen der grünen Wildnis, die vor ihnen lag, und der, die sie schon durchfahren hatten.

An einer der vielen Verzweigungen und Zuflüsse hatte Lissy geglaubt, eine stattliche, ganz in weiße Gewänder gehüllte Frau mit einer Sichel in der Hand gesehen zu haben. Ich habe einen Sonnenstich!, dachte Lissy, weil die Gestalt von einer Sekunde auf die andere verschwunden war.

Jule hatte sich am Heck auf die Plattform fallen lassen, die Füße ins Wasser gestreckt und die langsame Fahrt genossen. Bald aber zog sie die Beine wieder hoch. Sie hatte zwischen den schattigen Baumwurzeln, die vom Wasser frei- gespült worden waren und direkt am Ufer in einem wirren Gestrüpp aus dem Fließ ragten, eine Schlange gesehen, die geschmeidig und lautlos ins kühle Nass geglitten war.

»Bist du sicher, dass wir hier weiterfahren sollen?«, fragte Jule.

Fast stieß das Floß, weil Lissy zu nah ans Ufer gestakt war, gegen einen halb vollgelaufenen Kahn. Er dümpelte vor sich hin und kämpfte dagegen an, von Algen und Schnecken und Moos ganz und gar bedeckt und verschlungen zu werden.

Erst als Lissy wieder in der Mitte des Fließes auf Kurs war, antwortete sie: »Weißt du einen besseren Weg?«

»Wenn wir Glück haben, sind wir Weihnachten bei deinem Onkel!«, seufzte Jule. »Autsch!« Sie schlug sich auf den rechten Unterschenkel. Eine kleine rote Pfütze machte sich breit. »Falls wir nicht vorher an Malaria sterben.«

»Meckre nicht! Nimm die andere Stange und hilf mir!«, flüsterte Lissy. Sie trauten sich beide kaum noch, ein lautes Wort von sich zu geben.

Jule folgte dem Befehl.

»Etwa Schiss?«, fragte Lissy.

In Jules Augen stand die Neugier auf die Fahrt durch diesen gespenstischen Wald ebenso geschrieben wie die Angst davor, was sie hier alles erwarten würde. »Quatsch!«, winkte Jule ab, aber im selben Augenblick schreckte sie zurück.

Ein knorriger Baum hatte sich weit über das Wasser geneigt, war dann, als hätte er es sich anders überlegt, wieder zu der kleinen Lichtung hinüber zurück aufs Land gewachsen. Knotige Wurzeln, umgeben von verschlungenen Ästchen, an denen lange Moosfetzen hinabhingen, reckten sich über die Oberfläche. Auf den ersten Blick konnte man den gewundenen Stamm für eine erstarrte Fratze halten.

»Sieht aus, als ob er schreit«, wisperte Lissy. Sie hatte ihre Stange weggelegt und schien genauso wie Jule gefangen zu sein von den seltsamen Formen, die die wuchernden Gebilde dieses Waldes darboten. Keine Geisterbahn der Welt konnte da mithalten. »Da, schau!« Lissy machte Jule auf eine dicke Eiche aufmerksam, die sich in der Mitte geteilt hatte.

Auf Jule wirkte der Baum wie ein zum Himmel rufendes Wildtier: Den Kopf in den Nacken gelegt flehte es verzweifelt das strahlende Blau an, das hier und da durch die

Äste lugte. Wenige Meter weiter weinte ein anderer Stamm aus unzähligen tiefen Wunden, so jedenfalls sah er aus mit seinen schorfigen Kerben, teilweise breit wie eine Hand und tief in die Borke getrieben.

»Hast du einen blassen Schimmer, wo wir sind?«, fragte Jule.

Lissy überhörte die Frage. Wahrscheinlich hatte sie keine Ahnung.

Jule hatte kein Gefühl dafür, wie spät es war. Die Sonne stand schon sehr hoch, es musste Mittag sein, auch die Hitze sprach dafür. Obwohl sie seit geraumer Zeit unter dem Blätterdach der vielen Bäume dem bedächtigen Tempo der Fließe gefolgt waren, brannte ihr Kopf.

»Wir sollten eine Pause im Schatten machen!«, schlug Lissy vor.

»Hey, ich hatte dir eine Frage gestellt!«

»Eine Frage?«

»Also, keine Ahnung?!« Jule grinste. »Gib es zu, Frau Piratin! Du hast keinen blassen Schimmer, wo wir sind und wo wir hinmüssen!«

Lissy zuckte mit den Schultern.

»Kann man einen Piratenkapitän eigentlich absetzen? Hast du in deinem Referat nicht so was gesagt? Gewählt! Genau, sie wurden gewählt! Dann kann man sie auch abwählen!«

»Willst du wissen, was auf Meuterei steht?« Lissy blinzelte Jule herausfordernd an.

»Der Hungertod in den Sümpfen?!« Jule warf sich theatralisch auf die Plattform, half dann aber Lissy, das Floß aus der Mitte des Fließes an die schattige Uferböschung zu staken.

Weit nach Mittag, die Sonne hatte schon einiges an Kraft verloren, meldete sich Lissys Magen zu Wort. Er knurrte laut und vernehmlich.

Sie weckte Jule, die die ganze Zeit leise schnarchend unter einem weit über das Wasser ragenden Zweig geschlafen hatte. »Wir müssen Proviant aufnehmen!«

»Gute Idee, wo ist denn der nächste Supermarkt?« Jule schaute an sich hinunter. »Ich brauche dringend Duschgel, Körperlotion, und wenn du gerade unterwegs bist, denk auch an ein paar Zeitschriften«, grinste sie.

»Sehr witzig«, murmelte Lissy. Selbst wenn ein Supermarkt in der Nähe gewesen wäre: Sie selbst hatte gerade noch zwei Euro und vierzig in der Tasche. Ihr waren zum ersten Mal Zweifel gekommen, ob ihr Plan wirklich so gut war. Nun ja, es war von vornherein kein Plan gewesen, dann nämlich wären einige Probleme gar nicht erst aufgekommen. Sie hatte die ganze Zeit während Jules Nickerchen hin und her überlegt, wie ihre Fahrt weitergehen sollte. Bisher war alles noch wie ein Ausflug mit Hindernissen gewesen, aber wenn sie wirklich weiterkommen wollten, musste etwas passieren. Pop und Frau Rosch würden bestimmt nicht Däumchen drehen und warten, ob sie von alleine nach Hause kämen. Und Onkel Fred wusste sicher längst alles und würde sie auf der Stelle zurückschicken.

»Gar nicht witzig«, sagte Jule, die sich schon eine der Stangen genommen hatte und das Floß in Bewegung setzte. »Wir müssten den Laden nämlich überfallen. Ich habe noch genau drei Euro und fünfundsechzig Cent sowie zwei Mettwürste und eine Cola.«

»Mettwürste?«

»Die beiden Jungs werden es verschmerzen können«, schmunzelte Jule.

»Du hast sie geklaut?« Lissys Augen weiteten sich.

»Wer macht denn hier auf Piratin? Das nennt man Mundraub, das ist nicht so schlimm, das darf man sogar. Na ja, glaube ich jedenfalls.« Die Haut der Wurst knackte zwischen ihren Zähnen, als sie die erste mit einem herzhaften Biss fast zur Hälfte verschlang. »Wuhlste uch prupiern?«, schmatzte sie mit vollem Mund.

Lissy ekelte sich schon vor dem durchdringenden Geruch. »Ich hab dir doch gesagt, dass ich kein …«

»… Fleisch esse. Stimmt, Mist, das hatte ich vergessen. Aber einen vegetarischen Hamburger hatten sie nicht.« Jule schien ihr Schläfchen in beste Laune versetzt zu haben. »Na ja, wird sich schon was finden!«

Lissy zweifelte sehr daran.

Als sich eine halbe Stunde später der Wald plötzlich vor ihnen lichtete und sich die engen Kanäle in eine weite Wasserfläche öffneten, wuchs ihre Hoffnung wieder.

Nicht weit entfernt knatterte ein Motor. Vielleicht konnte ihnen noch einmal jemand helfen oder zumindest den Weg weisen.

Sie nahm einen Schluck aus der Colaflasche und stakte, so fest sie konnte. Als das Floß langsam auf den kleinen See schwamm, hatte das Motorgeräusch schon erheblich an Lautstärke gewonnen.

Plötzlich schoss am anderen Ende etwas weiß und rot lackiertes aus einem Waldfließ. Die Spitze eines Rennbootes ragte steil aus dem Wasser, so sehr beschleunigte der Fahrer seine Rakete. Er drosselte in der Mitte des Sees die Maschine und das Boot klatschte mit dem Bug auf die Wasseroberfläche.

Lissy erkannte den Steuermann auf den ersten Blick.

»Zurück in den Wald«, rief sie, aber ihr war klar, dass sie gegen dieses Boot keine Chance hatten.

»Jetzt habe ich euch!«, stieß Matze voller Genugtuung aus. Nach drei oder vier Runden, in denen er in vollem Tempo um das Floß gekreist war, das Wasser aufgewühlt und die Plattform zum Schaukeln gebracht hatte, befahl er Ratte das Steuer zu übernehmen. »Ging doch schneller als erwartet!«, triumphierte er.

Tom unterdrückte einen Fluch. Sie waren schon Stunden durch diesen gespenstischen Wald getuckert, in dem alles in einer großen grünen Masse zu verschwimmen schien. Er war sich die ganze Zeit über sicher gewesen, dass Matze keine Ahnung hatte, wo sie sich befanden. Purer Zufall hatte sie auf diesen Weiher geführt, in den offensichtlich eine ganze Reihe von den brackigen Miniflüsschen führten, bevor sie auf der anderen Seite wieder in einen etwas breiteren Strom mündeten.

»Her mit der kleinen, fiesen Angel!«, murmelte Matze, holte die Harpune aus dem Koffer und setzte sie mit schnellen Griffen zusammen. Er hob sie an. Die stahlharte Spitze glänzte im Sonnenschein. »Halt das Boot ruhig, Gas ganz weg!«

»Sie wollen abhauen!« Gio kletterte nach vorne und brachte das Boot zum Schaukeln.

»Idiot!«, schrie Matze ihn an. »Fast hätte ich abgedrückt und das Ding hätte höchstens eine Ente vom Himmel geholt.«

Tom sah, wie die beiden Mädchen versuchten, das Floß wieder in den Wald zu bugsieren. Sie stakten mit zwei langen Stangen, aber sie bewegten sich kaum von der Stelle. Ausgerechnet hier strömte diese lahmarschige Spree mit einiger Kraft, und zwar genau auf das Boot der Angreifer zu.

Matze setzte die Waffe wieder an.

Tom hatte keinen Zweifel: Matze würde auf die Mädchen schießen. »Matze! Spinnst du?«, rief Tom, aber sein Stoß erwischte Matze zu spät.

Er hatte schon abgedrückt. Die Harpunenspitze mit ihren blitzenden Widerhaken zischte durch die Luft. Die

Schnur, die sie hinter sich herzog, surrte. Jules Schrei hallte über das Wasser. Vögel stiegen auf und kreischten fast genauso laut. Lissy sprang auf die linke Seite des Floßes, fast hätte sie das Gleichgewicht verloren und wäre ins Wasser gestürzt, wenn Jule nicht nach ihrer Hand gegriffen hätte. Mit einem harten Schlag bohrte sich der Stahl der Harpune in einen der Holzstämme des Floßes, keine zwanzig Zentimeter neben Lissy. Auf dem gesamten Wasser schien für eine kleine Ewigkeit absolute Stille zu herrschen.

»Kleiner Warnschuss!«, lachte Matze dreckig. »Und du«, wandte er sich an Tom, »rührst mich besser nie wieder an!«

Auf dem Floß hatte Lissy nur wenige Sekunden schreckensstarr dagestanden, um dann eilig in das Zelt zu kriechen. Jetzt erschien sie wieder auf der Plattform. Zwischen dem Boot der Jungen und dem Floß lagen nur noch wenige Meter. Lissy trat nah an die Reling. In ihrer linken Hand hielt sie das Beil.

»Wir haben dir schon einmal gezeigt, was man«, sie verbesserte sich, »was *frau* mit so einem Ding anstellen kann.« Sie erhob das gefährliche Werkzeug hoch über den Kopf.

Jule hatte mit offenem Mund zugesehen und nur ein paarmal nach Luft geschnappt. Jetzt fing sie sich, zerrte die Harpune aus dem Holz, hielt sie ebenfalls hoch und rief: »Komm schon, du Feigling! Oder kannst du nur aus sicherer Entfernung auf uns ballern?«

»Vorsicht, Matze, die sind zu allem fähig«, raunte Ratte und verstaute sein Nagetier sicherheitshalber in einer der ausgebeulten Taschen seiner Baggys. »Zieh den Kopf ein, Kowalski!«, raunte er.

»Vorsicht? Ich?«, protzte Matze. »Wegen zwei Ischen? Spinnst du?«

Tom stieg auf eine der Bänke und versuchte weiter nach vorne zu klettern.

»Lissy!«, rief er, so laut er konnte. »Lissy, ich ... ich muss ...«

Ein metallisches Krachen unterbrach ihn, ein fauchendes Geräusch folgte – jemand hatte in ein Mikrofon gepustet, um zu überprüfen, ob es funktionierte.

Eine Frauenstimme plärrte bestimmt, aber nicht unfreundlich los: »Achtung! Wasserschutzpolizei Lübbenau. Sie befinden sich in der absoluten Schutzzone. Motorboote sind hier strengstens verboten. Stellen Sie den Motor aus und ...«

Mehr war nicht zu hören.

Die weiteren Anweisungen der beiden Polizisten, die sich in einem weißen Boot mit der blauen Aufschrift *Wasserschutzpolizei* näherten, gingen in einem lauten Röhren unter.

Matze hatte den Motor auf Hochtouren gedreht. Mit Vollgas brauste er los. Ratte und Gio konnten sich gerade noch festhalten. Tom fiel rückwärts zwischen die Bänke und rammte mit der Schulter gegen einen Erste-Hilfe-Kasten.

»Das wollen wir doch sehen! Niemals kriegen die uns mit ihrer Nuckelpinne!«, knurrte Matze und jagte auf einen der Zuflüsse des kleinen Sees zu. »Euch hol ich mir noch«, schrie er Lissy und Jule zu, bevor das Rennboot, verfolgt von der Polizei, davonbrauste.

»Weg hier, aber schnell!«, flüsterte Jule. Matzes Schuss mit der Harpune hatte sie geschockt. Sie kannte Matze. Sie wusste, zu was er fähig war. Oft genug hatte sie mitgekriegt, wie rücksichtslos er andere behandelte und in Kauf nahm, dass jemand sich bei einem seiner dämlichen Streiche blutige Schrammen zuzog.

Lissy zögerte keine Sekunde. Sofort schnappte sie sich eine Holzstange und brachte das Floß in die Strömung. Schweigend nahmen die beiden Mädchen Kurs in entgegengesetzte Richtung, um möglichst weit weg von den Jungs zu kommen.

Nur ab und zu huschte Jules leiser Ruf über das Wasser. Sie gab Lissy die Anweisungen, wo sie mehr links oder rechts staken musste, damit das Floß sich nicht in Wurzeln oder morschen Pfählen verfing, die aus dem Wasser ragten.

Matze hatte selbst nichts zu lachen, das wusste Jule. Er bekam mit ganz und gar nicht schöner Regelmäßigkeit eine Abreibung von seinem Vater, egal ob er etwas verbrochen hatte oder nicht. Schon ein zu lauter Ton während der Sportschau hatte einmal gereicht für eine Ohrfeige, deren Folgen sich noch Tage später in Matzes Gesicht abgezeichnet hatten. Aber all das war kein Grund, mit einem solchen Ding auf jemanden zu schießen!

Als das Floß wieder in den Schutz der Auenwälder glitt, war Jule fast so weit, Lissy ernsthaft um die Umkehr zu bitten. Ein Blick in Lissys entschlossene Augen trieb ihr diesen Gedanken sofort wieder aus.

»Das wollen wir mal sehen«, murmelte Lissy, »da muss der Mistkerl schon früher aufstehen! Uns hält er nicht auf!«

Jule gewöhnte sich mehr und mehr an die gespenstische Umgebung, die überhaupt nichts mit ihrem Ausflug vor einigen Jahren zu tun hatte. Damals waren ihnen laufend Kähne mit Unmengen von schwatzenden und Bier trinkenden Touristen begegnet. Alles, was Flossen, Flügel oder Beine hatte, war vor diesen Horden geflüchtet.

Jetzt surrten die Libellen mit ihren blauen Körpern über das Wasser. Schmetterlinge tanzten ausgelassen umher, das Tackern eines Spechts war zu hören und nur im ersten Augenblick erschreckte sie sich vor einem Fischotter, der sich blitzschnell ins Wasser gleiten ließ, um sich vor dem ungebetenen Besuch in Sicherheit zu bringen.

Obwohl ihr die grün schimmernde Wasseroberfläche auch Angst einflößte – wer wusste schon, was sich alles darunter verbarg –, fuhr Jule immer wieder mit der Hand durch das Wasser. Warm und weich strömte es zwischen ihren Fingern hindurch. Den ganzen Sommer war sie noch kein einziges Mal im Freien im Wasser gewesen, sondern immer nur im gekachelten Becken der Trainingshalle.

Als habe Lissy ihre Gedanken gelesen, fragte sie: »Das ist was anderes als euer keimfreies Schwimmbecken, was?«

»Lieber Chlor als Bakterien«, sagte Jule, aber dann gab sie es doch zu, dass es so viel schöner war – ohne Chlor, nach dem man noch Stunden roch, ohne glitschige Fliesen und ohne Trainerin, die einen triezte und anschrie, wenn man auch nur eine Sekunde aus der Reihe tanzte.

Lissy lachte. »Schwimmt, meinste wohl eher, aus der Reihe schwimmt. Kann ich eh nicht verstehen, alle eine wie die andere, in Reih und Glied, sogar mit den gleichen albernen Dutts auf dem Kopf.«

Demonstrativ und ausgiebig schüttelte Jule ihre offenen blonden Haare.

»Sind die wenigstens echt?«, fragte Lissy.

»Wie alles an mir!«, erwiderte Jule. Sie drückte die Brust heraus und machte übertrieben schmollige Lippen. »Koam Schüllikonn drin!«, prustete sie.

Für einen Moment

vergaß Lissy zu staken. »Du hast deine Lippen aufgespritzt?«

»Quatsch!« Jule konnte sich das Lachen nicht verkneifen. »Du glaubst auch alles, was?« Sie sah, wie Lissys Blicke einmal an ihrem eigenen Körper hinabglitten, sie sich dann aber wieder schnell auf die Stange, das Floß und den richtigen Schub konzentrierte. »Die kommen schon, früher oder später, Lissy, auch bei dir!«

»Pass auf, ein Ast!«

Lissys harscher Ton signalisierte deutlich, dass dies kein Thema war, über das sie reden wollte.

»Nun tu doch nicht so«, blieb Jule hartnäckig.

Lissy zuckte die Achseln und spielte die Ahnungslose.

»Titten, Möpse, Melonies! Und du wirst es mir nicht glauben, irgendwann können sie dir auch auf die Nerven gehen. Spätestens wenn dir jeder sabbernde Kerl an der Supermarktkasse draufglotzt.«

Schweigend setzten sie ihre Fahrt fort.

Auch Jules Vorschlag, eine Runde zu schwimmen, um sich abzukühlen und zu erfrischen, lehnte Lissy ab. Je schneller und je weiter sie sich von Matze entfernten, desto besser sei es, betonte sie mehrmals.

»Wenn wir uns nicht die ganze Zeit im Kreis bewegen!«, traute Jule sich anzumerken, aber Lissy hörte einfach darüber hinweg. »Außerdem hat ihn bestimmt die Polizei hopsgenommen, das Rennboot kann nur geklaut gewesen sein. Ich kenn doch Matze!«

»Eben«, murrte Lissy. »Ein *Rennboot.* Es ist ungefähr fünfmal so schnell wie diese Nussschale von der Polizei. Wir sollten kein Risiko eingehen und uns einen sicheren Platz zum Übernachten suchen.

Die Sonne war schon fast untergegangen, Jule fiel es erst jetzt auf und ihre Zuversicht nahm rapide ab. Sie zog die Überreste der Mettwürste hervor und mümmelte daran herum.

Als die Sonne ein paar letzte orangerote Strahlen durch die Äste der dichter und dichter stehenden Sträucher und

Bäume schickte, begann Lissy ganz leise zu singen. Ihre Stimme klang zuerst brüchig und rau, hatte einen Unterton, der nicht mehr vor Gewissheit und Sicherheit strotzte. Fast schien es, als wollte sie sich Mut machen und gegen die schnell hereinbrechende Dunkelheit ansingen:

»*Lichtet den Anker und Leinen los,*
johoo, hebt auf!
Unser Herz ist so schwarz und die Gier so groß,
johoo, hebt auf!
Ja, sie plündern und morden immerzu,
dieser Käpt'n und 'ne wüste Crew.
Ihre Seelen nicht mal der Teufel holt.
Sie bringen jeden um für 'nen Sack voll Gold …«

Plötzlich stockte Lissy. »Weißt du, wie Anne Bonny ihre Feinde geschockt hat?«, fragte sie.

Jule schüttelte den Kopf. »Nee, wer ist überhaupt Anne Bonny?«

Leise sang Lissy weiter:

»*Sie ertränken ihr Gewissen mit 'ner Flasch' voll Rum,*
und legen auch ganz gerne mal einander um.
Ja, sie schlagen aufeinander, dass es nur so kracht!«

»Also, wer ist nun diese Anne Bonny?«, bohrte Jule nach.

»Eine der berühmtesten Piratinnen, eine der verwegensten der Karibik. Sie hat mit Mary Read wilder gebrandschatzt und geraubt als der alte Blackbeard und Calico Jack zusammen! Angeblich hat sie sich bei einer Blockade durch den Admiral des Königs ganz vorne auf ihr Schiff gestellt, mit *nacktem* Oberkörper, in einer Hand einen Säbel, in der anderen einen Seidenschal, der gespenstisch in der Abendsonne geweht hat. Die Matrosen der Kriegsmarine waren so geschockt, denen ist echt die Kinnlade runtergeklappt und sie sind erst wieder zu sich gekommen, als Anne die feindlichen Linien durchbrochen hatte!«

»Siehste, manchmal sind die Dinger doch zu etwas zu gebrauchen!«, sagte Jule.

»Dinger?«

Jule verdrehte die Augen, bis ihr Gesicht zu einer schielenden Fratze wurde.

Lissy prustete los. Dann stimmte sie wieder an, dieses Mal aber lauthals:

»*Denn die wirklich schlimmen Dinge passieren heut' Nacht,*
hulakaba, hulakaba, Seemann, wach bloß auf.
Ist der Schatz versteckt, nimmt das Unglück seinen Lauf!«

»Hey, leise! Oder willst du, dass ein Unglück namens Matze seinen Lauf nimmt?«

Lissy sang flüsternd weiter:

»*Ist das Segel gesetzt und der Wind frischt auf,*
nimmt das Lumpenpack alles, auch den Tod, in Kauf!«

Jule fuhr ein kalter Schauer über den Rücken. Es schien, als wehte Lissys Stimme über das Wasser. Sie glitt geradezu von Baum zu Baum, schlängelte sich durch die knorrigen Äste und zerfloss in weiter Ferne.

»Hör auf!«, entfuhr es Jule, obwohl sie sich fest vorgenommen hatte in Lissys Gegenwart nicht mehr wie eine ängstliche, dumme Ziege zu wirken.

»Da!«, rief Lissy plötzlich und deutete in die tiefgraue Dämmerung.

Jule folgte der Richtung, in die Lissys Arm zeigte, und sah es auch. »Gibt es hier Irrlichter?« Jetzt zerbröselte ihre Stimme doch ein wenig, aber sie räusperte und korrigierte sich schnell mit Entschiedenheit. »Quatsch! Das ist ein Lagerfeuer!«

Lissy hatte das Floß so leise wie möglich immer in Richtung des flackernden Lichtscheins zu einer kleinen Landzunge gesteuert. Diese ragte in den Zusammenfluss von zwei etwas breiteren Fließen. Je näher das Floß kam, desto mehr entpuppte sich das Feuer als gar nicht so klein. Es war viel zu groß für ein einfaches Lagerfeuerchen, wie Pop es schon einmal bei einem gemeinsamen Campingwochenende entfacht hatte.

Die lodernden Flammen tauchten alles in ein dämonisches Licht.

»Und was machen wir, wenn es die … die Jungs sind?«, wisperte Jule.

Es war durchaus möglich, dass die Jungs mit dem Rennboot hierhergelangt waren – vorausgesetzt, sie hatten es geschafft, die Polizei abzuhängen.

»Matze hätte eine Wache aufgestellt und uns längst bemerkt!«, antwortete Lissy. Einer seiner Sklaven hätte bestimmt schon um einiges weiter oben aufpassen müssen und sicher auch noch einer dort unten, wo die beiden Ströme sich miteinander vermischten.

Ein Rückzug kam für Lissy aber nicht mehr infrage. Es war schon so düster und außerdem hätten sie müde und hungrig gegen die Strömung staken müssen. Eine sehr leichte Strömung, aber immerhin.

Behutsam gab Lissy dem Floß einen letzten Stoß.

Als sie etwas oberhalb des Lagerfeuers an Land gesprungen waren und Lissy das Floß mit schnellen Handgriffen an einer dicken Wurzel vertäut hatte, hörten sie eine Stimme.

»Da seid ihr ja!«

Eine Gestalt kauerte dicht am Feuer, so nah, dass die Funken ihr eigentlich das in alle Richtungen abstehende Haar hätten versengen müssen. Aber ein unsichtbarer Schutz schien sie zu umgeben.

Die Mädchen schauten sich an. Jule deutete wortlos auf das Floß, was wohl so viel bedeuten sollte wie: *Sollen wir abhauen?*

Lissy schüttelte den Kopf. Wie gebannt starrte sie in die Flammen, in die die Gestalt immer wieder etwas hineinwarf.

»Weiber durchstreifen in tiefer Nacht
die Sphären der Unwelt, hab acht!«

Ganz klar und rein, fast wie ein Gesang klangen ihre Worte.

»Sie werden bezaubern euch und betören,
von ihnen werdet ihr manches noch hören.«

Die Gestalt erhob sich. Ein Umhang glitt zu Boden. Ganz weiß, fast als leuchtete es von innen, entfaltete sich ein Kleid mit bauschigen Röcken, die weit abstanden. Regungslos stand die Frau dort, nur ihr Arm hob sich in einem sanften Bogen immer wieder, um weiter Kräuter in die Flammen zu streuen. Knisternd und rauchend lösten sie sich auf.

Fetzen einer Erinnerung blitzten durch Lissys Gedächtnis. Diese Frau, dieses weiße Gewand, es kam ihr bekannt vor. Plötzlich fügte sich das Bild zusammen und Lissy wusste es: in der Mittagshitze, die Frau im weißen Kleid, die sie für eine Luftspiegelung, eine Fata Morgana, eine Ausgeburt ihres überhitzten Gehirns gehalten hatte!

»Ich habe schon auf euch gewartet!«, sagte die Frau.

»Auf uns?«, fragte Jule.

»Seht ihr sonst noch jemanden?« Die Frau lachte, ein helles, zwitscherndes Lachen. Sie warf wieder Kräuter in die Flammen und setzte ihre Beschwörungen fort:

»Stellt keine Fragen,
es bringt nur Verzagen.
Antworten findet,
wer sich überwindet.«

Lissy und Jule kicherten. Jules Lippen formten gerade ein lautloses »Ballaballa!«, als die Frau sich blitzartig umdrehte und Lissys Unterarm hart und fest wie mit einer Zange umfasste. Ein unterdrückter Schrei quetschte sich aus Lissys trockener Kehle.

Die Frau drückte ihr ein paar von den trockenen Kräutern in die Hand, die sie langsam zum Feuer führte. Lissy wehrte sich nur halbherzig. Etwas in ihr warnte sie, versetzte sie in höchste Alarmbereitschaft, aber gleichzeitig durchströmte sie ein vertrautes Gefühl, eine Wärme, die nicht vom Feuer, sondern von der trockenen, so entschiedenen Hand der Frau herrührte. Bedrohlich näherten sich die Flammen schon Lissys Fingern.

Jule trat einen Schritt vor, aber die weiße Frau gebot ihr mit ihrer anderen Hand Einhalt.

»Öffne dein Herz.«, flüsterte sie.
»Dann öffne die Hand,
ohne den Schmerz,
kein neues Land!«

Lissy öffnete langsam die Hand.

Wie in Zeitlupe segelten die Blätter und dünnen Stiele in die lodernde Glut. Jedes einzelne Blättchen schien sich wie flammende Sterne eines Feuerwerkskörpers zu entzünden. Sie warfen gelbe und bläuliche Funken, knisterten wie Stanniolpapier, dann stiegen verschlungene Rauchfahnen auf, weiß, ähnlich einem durchsichtigen Schleier.

Die Frau umrundete das Feuer, der Rauch verhüllte sie fast vollständig. Sie streckte beide Arme aus und durchfuhr die Schwaden mehrmals. Es schien, als suchte sie darin nach etwas.

Der beißende Qualm zog Lissy in die Nase. Kaum noch Luft drang zu ihren Lungen vor, aber nicht einmal einen kleinen Zeh konnte sie rühren, um zurückzutreten. Von sehr weiter Ferne hörte sie Jules Stimme, die darauf drängte, sofort zu verschwinden, sie wurde jedoch übertönt vom Singsang der Frau.

»Sind Kräuter für diesen, für jenen Aromen,
dem Wissenden geben sie mehr als ein Omen.
Ins Nichts steht geschrieben ... «

Ihre Hand schnellte vor, zuerst auf Jule, doch dann bewegte sie sich langsam zu Lissy und legte die Fingerspitze auf ihre Stirn.

»Du wirst dich verlieben!«

Auch Jule war nun völlig gefangen. Sie konnte den Blick nicht von der Frau wenden. »Mir ist schwindelig, Lissy, sie sieht plötzlich so, so, so alt aus!«

»Scht!«, ermahnte die Frau sie und fuhr schnell und ohne eine Pause fort:

»Und doch trägst du nicht
den Schatz in des Tages Licht.
Dein Weg ist der gegen böse Gestalten,
drei an der Zahl
lassen dich nicht walten, nicht schalten,
versprechen dir Pein und Qual.
Doch der Taumel des Sieges, er währt nur kurz,
keiner bewahrt dich vor dem Sturz.
In blaue Tiefen, ins feuchte Grab
wirst angstvoll du schauen,
doch kannst überwinden nur du *das Grauen.«*

Vor Lissys Augen verschwamm alles. Die Glut, der Rauch, die von den Flammen angeflackerten Bäume ringsum drehten sich im Kreis. Immer wieder erschien das freundlich lächelnde Gesicht der Frau. Ein lauter Schrei, aus ihrer eigenen Kehle, aber doch von weit weg, von hinter, neben, über ihr, erschreckte Lissy. Etwas stach in ihre Hand, nun hatte das Feuer sie doch erwischt. Sie taumelte ein paar Schritte zurück. Jule fing sie auf.

Als sie auf das Wasser zuwankten, sah Lissy, wie sich die weiße Gestalt, aufrecht in einem flachen Kahn stehend, davonbewegte und von der Dunkelheit verschluckt wurde. Stille breitete sich aus, als würden alle Tiere verharren, keinen Mucks von sich geben, keine Bewegung tun. Selbst das Zirpen der Grillen war verstummt.

Erst als Lissy sich räusperte, um das Kratzen des Rauchs aus ihrem Hals zu vertreiben, schien das gesamte Orchester der Nacht wie auf den Einsatz eines unsichtbaren Dirigenten hin wieder sein Spiel aufzunehmen. Der Mond war aufgegangen und schüttete sein silbriges Licht über die Fließe, den Wald und die Mädchen.

Jule schaute Lissy fragend an, aber auch Lissy konnte nur mit den Schultern zucken.

»Ins Zelt!«, flüsterte sie und wünschte sich zum ersten Mal, nun nicht auf das Floß steigen zu müssen, sondern sich in ihrem Zimmer zu Hause verkriechen zu können. Trotzdem fielen ihr die Augen zu, kaum dass sie sich unter der Decke im Schutz ihrer Kajüte an Jule gekuschelt hatte.

Du wirst dich verlieben, Schatz, Qual, feuchtes Grab, drei Gestalten, ins Nichts steht geschrieben, mehr als ein Omen – die Worte der weißen Frau tobten auch in der frühen Morgenstunde noch durch Lissys Träume. Mehrmals war sie voller Angst aufgeschreckt in der Nacht und sehr froh gewesen, dass Jule sie wie eine beste Freundin in den Arm genommen und beruhigt hatte.

Jule war vielleicht doch nicht so eine dumme Ziege, wie

Lissy immer gedacht hatte. Nein, nicht vielleicht, sondern sicher nicht. Eigentlich hatte sie in der kurzen Zeit eine Verwandlung durchgemacht, die Lissy nie für möglich gehalten hätte.

Obwohl Lissy spürte, dass die Sonne schon am Himmel stehen musste, blieb sie mit geschlossenen Augen liegen. Sie hatte die weiße Gestalt zweimal gesehen und beide Male war diese wie ein Wesen aus einer anderen Welt aufgetaucht und wieder verschwunden. Wenn Lissy nicht noch der rauchige Geschmack des Feuers auf der Zunge gelegen hätte, sie wäre überzeugt gewesen, dass alles nur ein Traum war. Wieder und wieder versuchte sie hinter den Sinn der Worte der sonderbaren Frau zu kommen. Verlieben!? So ein Quatsch, dachte Lissy. In wen sollte sie sich verlieben?

Am Eingang des Zeltes raschelte etwas. Sie hatten es in der Nacht nicht zugezogen, weil die Luft so stickig wurde. Etwas bewegte sich dort. Lissys Hand tastete nach Jules, die sich wohlig murrend drehte.

»Sind die tot?«, fragte eine helle Stimme.

»Nein«, antwortete jemand und im selben Moment schob sich eine Hand durch den offenen Reißverschluss und zwickte Lissy in den Zeh.

Mit einem Schrei sprang sie auf, knallte dabei gegen die Firststange des kleinen Zeltes und brachte die Kajüte zum Zusammenbrechen. Jule strampelte herum, verwickelte sich in der Plane. Draußen setzte ein vielstimmiges Gekreische ein, das zunächst ängstlich, dann lustig und lustiger klang, je länger die Mädchen sich zu einem Knäuel aus Zeltplane, Seilen, Armen und Beinen verhedderten.

»Hört ihr wohl auf!«, rief ein Junge. »Lasst ihr die Leute wohl in Ruhe?!«

Der leichte Akzent, den Lissy noch nie gehört hatte, gab der Stimme etwas Beruhigendes, Harmloses. Sie war voll und kräftig, nur hier und da verriet ein kleiner Kiekser, dass der Stimmbruch noch nicht allzu lange her war.

»Das sind keine Leute!«, antwortete ein Mädchen. »Und schmutzig sind sie auch.«

»Stimmt!«, antwortete Jule, die sich als Erste aus dem Gewurschtel befreit hatte. Sie half Lissy auf die Beine und sagte über die Schulter hinweg: »Hey, ich bin Jule.«

Lissy schaute an sich hinunter, dann betrachtete sie Jule und schließlich die fremden Mädchen, neben denen sie beide wirklich aussahen wie zwei verwegene und ziemlich ungewaschene Piratinnen.

Die Mädchen trugen prachtvolle Trachten, über und über mit winzigen Mustern bestickt, mit Spitzenbändern und bunten Seidenschleifen geschmückt. Auf ihren Köpfen balancierten sie große, eckige Hauben, die ebenfalls mit Spitzen verziert waren.

»Komm schon, sonst machst du dich schmutzig«, rief das ältere Mädchen, das ungefähr in Lissys Alter war.

Die Jüngere, kaum fünf oder sechs Jahre alt, sah ihr sehr ähnlich, sodass Lissy vermutete, sie seien Schwestern.

Lachend trat die Kleine ein paar Schritte auf dem Floß zurück. Schnell fuhr ihre Zunge einmal von links nach rechts und wieder zurück über ihre Lippen. Ihre Augen, zu schmalen Schlitzen zusammengezogen, nahmen Maß. Sie trippelte ein paarmal schnell auf der Stelle.

Der Junge schien zu erahnen, was sie vorhatte. »Vorsicht, Worschola!«, warnte der Junge. »Deine Tracht!«

Aber es war zu spät.

Mit erstaunlicher Kraft schnellte sie nach vorne, ein Schritt, ein zweiter und schon hob sie ab, streckte das eine Bein nach vorne und das andere nach hinten und landete mit einem weiten Satz wieder in dem Kahn, der neben dem Floß angelegt hatte.

Ihre mit kleinen, ineinander verschlungenen Rosen bestickte Schürze hatte sich jedoch im rauen Holz der Reling verfangen. Ein ratschendes Geräusch versprach nichts Gutes und so war es auch: Ein langer Riss klaffte in dem weißen Stoff, die Bordüre hing zur Seite hinunter.

Das ältere Mädchen schlug die Hand entsetzt vor den Mund.

Die Kleine brach in Tränen aus.

Der Junge, der ebenfalls nicht wie andere Jungs in Jeans und T-Shirt, sondern mit einem steifen schwarzen Anzug mit einem ebenso steifen schwarzen Hut, einer Weste und einer Krawatte bekleidet war, nahm sie in den Arm und versuchte das Kind zu trösten.

Aber sie war nicht zu trösten, schluchzte und weinte und murmelte etwas davon, dass sie nun nie und nimmer gewinnen würden.

»Wir wollen zum Heimat- und Trachtenfest und sind

schon spät dran. Es gibt einen Wettbewerb«, versuchte das ältere Mädchen zu erklären. »Sie hat alles selbst gestickt und jetzt das.«

Lissy überlegte einen Augenblick, dann durchsuchte sie schnell ihren alten Rucksack. So oft wie sie sich etwas zerriss, hatte sie immer ein paar Sicherheitsnadeln dabei, die irgendwo in ihren Taschen herumgeisterten. Manches Mal bekam sie das unangenehm zu spüren, wenn sich eine offene durch die Wand des Rucksacks in ihren Rücken bohrte. Die erste Nadel, die sie fand, war verbogen und vor allem rostig, sie hätte auch noch Flecke auf dem schneeweißen Leinen hinterlassen. Dann aber fielen ihr zwei große und zwei kleine Sicherheitsnadeln in die Finger.

»Schau hier!«, rief Lissy dem Mädchen zu und trat an die Kante des Floßes. »Das kriegen wir wieder hin, äh ...« Sie hatte den sonderbaren Namen vergessen.

»Worschola«, sagte der Junge und reichte Lissy die Hand, um ihr in den Kahn zu helfen.

Einen Wimpernschlag zögerte Lissy, dann ergriff sie seine Finger. Weich, fast zart fühlten sie sich an, aber seine Hand umschloss die ihre kraftvoll und fest. Ein angenehmes Gefühl und beinahe fühlte Lissy sich ein wenig damenhaft, wie sie nun von ihm geleitet hinüberstieg.

»Eigentlich heißt sie Ursula«, erklärte er, als Lissy ganz nah vor ihm in dem engen Kahn stand. »Worschola ist die wendische Fassung davon und sie will gar nicht anders genannt werden im Moment.«

Lissy konnte sich nicht von seinem Blick lösen. Noch nie hatte sie so blaue Augen gesehen. Nicht wässrig, nicht durchzogen von grauen oder grünen Schlieren, sondern tiefblau wie ein abendlicher Himmel.

»Äh, ich …«, stotterte der Junge, weil Lissy seine Hand erst losließ, als die Kleine sich zwischen sie drängelte. »Ich heiße Jurij.«

»Und wovon ist *das* die Fassung?«, machte Jule sich bemerkbar.

»Von nichts. Ich heiße Jurij.«

»Ich bin Jule und das ist Lissy und wir sind abge…«

»Auf einer Ferienreise!«, unterbrach Lissy sie.

Mit ein paar Griffen war die Spitzenbordüre wieder an der Schürze befestigt. »Siehst du, Worschola«, munterte Lissy die Kleine auf. »Man sieht es fast gar nicht.« Sie schob den Kopf und den Oberkörper ein wenig zurück und begutachtete ihr Werk noch einmal. »Nein, ich verbessere mich und lasse das *fast* weg. Man sieht es gar nicht mehr. So habe ich schon mal eine ganze Manschette an Papas Lieblingshemd wieder drangebastelt!«

Worschola wischte sich mit einem ebenfalls bestickten Tüchlein die Tränen weg.

Als Lissy die zur Tracht passenden, nur viel kleineren Röschen darauf bemerkte, deutete sie auf das Floß und sagte: »Und wenn du nicht den ersten Platz machst, dann nage ich dieses Floß auf, wie eine Termite, mit Mast und Deck und Ruder!« Sie sprang zurück zu Jule auf das Floß. »Wir müssen weiter!«, verkündete sie.

Jule legte die Stirn in Falten. »Ohne Frühstück?«, fragte sie in einem besonders wehleidigen Ton, der seine Wirkung nicht verfehlte.

»Hey, Worschola«, rief Jurij. »Wir sind Lissy einen Gefallen schuldig, oder?«

Worschola nickte begeistert.

»Einige Familien, die etwas abgelegen wohnen, bekommen sogar die Post per Boot gebracht«, sagte Jurij, als er eine halbe Stunde später Lissy zum zweiten Mal die Hand reichte, um ihr vom Floß auf den kleinen Landungssteg zu helfen, zu dem er sie geführt hatte.

Wieder genoss sie seinen festen Griff, obwohl dieses Mal seine Handflächen vom Staken des Kahns feucht und verschwitzt waren. Sein Angebot, das Floß an einem der Pfähle des Stegs zu vertäuen, lehnte sie jedoch ab.

»Das mache ich selbst«, beharrte sie, »dann weiß ich auch, dass es fest ist.«

»Lissy!«, sagte Jule mit einem unüberhörbaren Tadel in der Stimme. Sie kletterte ebenfalls an Land und entschuldigte sich bei Jurij: »Lissy ist manchmal etwas, hm, wie soll ich sagen, na ja – eigenwillig.«

»Aber ...«, erhob Lissy die Stimme, um sich zu verteidigen und Jule in die Schranken zu weisen. Was fiel der ein, so etwas einem Fremden gegenüber zu behaupten. Niemand musste sich für sie entschuldigen, das war ja wohl das Letzte!

»Kann ich gut verstehen!«, kam Jurij ihr jedoch zuvor. »Würde ich genauso machen. Unsere Kähne und Boote sind für uns hier auch das Wichtigste. Oder sie waren es früher, aber wir haben das sozusagen im Blut.« Er befahl seinen beiden Schwestern vorzulaufen. Dann holte er einen Weidenkorb und einen Rucksack aus dem Kahn. Sie wollten ein paar Tage bei einer Tante bleiben, für die Zeit des Trachtenfestes und vielleicht ein bisschen darüber hinaus, erklärte er Jule und Lissy. »Kommt mit, heute wird für so viele gekocht, da werden zwei weitere auch noch satt! Und ihr könnt euch mal unter die Dusche stellen«, setzte er lachend hinzu.

Als er dies sagte, seufzte Jule zufrieden. Sie packte ihre Sachen in ihre Trainingstasche und folgte ihm sofort.

Lissy vergewisserte sich noch einmal, dass das Floß sich nicht selbstständig machen konnte. Auf dem Weg zu Jurijs Verwandten blieb sie einige Schritte hinter Jule und dem jungen Sorben oder Wenden. Sie hatte nicht genau verstanden, ob er nun das eine oder das andere war oder ob das eigentlich nur zwei Begriffe für eine Sache waren.

Seine Schwestern hatten Jurij dauernd dazwischengeplappert, als er ihnen auf dem Weg hierher zu erklären versucht hatte, was es mit den Trachten auf sich hatte. Jedenfalls waren seine slawischen Urahnen vor Jahrhunderten aus dem Osten gekommen und noch heute wurden die Bräuche und eine eigene Sprache gepflegt.

»Deswegen heiße ich auch Worschola und nicht Ursula und meine Schwester ist die Kantorka, weil sie so schön singen kann!«, hatte die Kleine gejauchzt, deren Tränen schon vergessen waren. »Wie die aus Jurijs Lieblingsbuch, oder, Jurij?«, hatte sie ihrem Bruder zugerufen, der vorneweg mit dem Kahn stakte. Worschola hatte es sich nicht nehmen lassen, auf dem Floß mitzufahren.

Lissy betrachtete neugierig das kleine Dörfchen, das sie ganz durchqueren mussten, um zu Jurijs Verwandten zu gelangen. Fast kam sie sich vor wie in dem Freilichtmuseum, das sie vor Jahren mit Pop besucht hatte, allerdings lebten hier tatsächlich Menschen. Die meisten Häuser hatten ein Erdgeschoss und nur ein weiteres Stockwerk, über das sich schon die Schrägen der Giebeldächer zogen. Aus der dunklen Holzvertäfelung der Wände leuchteten schneeweiße Fensterrahmen mit Blumenkästen davor. Über den Giebeln kreuzten sich geschnitzte Leisten. An einem Haus hatten sie die Form zweier Schlangenköpfe, deren züngelnde Mäuler auch auf die Entfernung genau zu erkennen waren.

Fast am letzten Haus blieb Jurij stehen. Ein Garten, den ein Lattenzaun mit einem hölzernen Torbogen begrenzte, umwucherte es. Die warme Luft roch schwer und süßlich nach den unzähligen Blüten, die den Vorgarten zu einem bunten Meer machten, über dem Bienen und Schmetterlinge tanzten. Jurij stieß das knarrende Gatter auf, zog seinen Hut mit einer weit ausholenden Bewegung ab und verbeugte sich.

»Bitte einzutreten!«, forderte er Lissy und Jule auf, fast als präsentierte er zwei Prinzessinnen einen hochherrschaftlichen Besitz.

Lissy zögerte Jurijs Aufforderung zu folgen. Ihr Blick blieb an einer Schnitzerei hängen, die sich über das Holzdächlein des Torbogens zog.

»Keine Angst«, sagte Juri. »Das ist Plon, der Drache. Nach einer alten Sage ist er ein Hausgeist, der alles erledigt und nichts außer ein bisschen Essen dafür verlangt.«

»Aber nur bei denen, die sich allen gegenüber, die Hilfe suchen, als hilfsbereit und freigiebig erweisen!«, sagte eine gemütliche, rotwangige Frau, die aus dem Haus getreten war. Sie trug ein schlichtes blaues Kleid mit einer ebenfalls bestickten Schürze. Ihre dicken braunen Haare hatte sie geflochten und zu einem kunstvollen Knoten auf dem Hinterkopf zusammengebunden. Sie begrüßte die beiden Mädchen freundlich und fragte ihren Neffen: »Was sind das denn für Findelkinder?« Ohne eine Antwort abzuwarten, forderte sie Lissy und Jule auf, sich an den gedeckten Tisch auf die Veranda zu setzen. Dann bot sie ihnen gleich einen Becher eisgekühlten Zitronentee an und beschmierte zwei große Brotscheiben dick mit Butter. »So, und nun noch einen ordentlichen Klecks Bienenhonig. Aus eigener Herstellung!«, betonte sie und vollendete das leckere Werk. »Reines Naturprodukt, da weiß man doch, was man verschluckt.«

Auf der Stelle sammelte sich das Wasser in Lissys Mund und auch Jule neben ihr schmatzte weithin hörbar. Wie auf Verabredung gaben ihre Bäuche ein anfeuerndes letztes Knurren von sich. Jetzt merkte Lissy, wie hungrig sie wirklich war. Mit drei Bissen war das erste Brot in ihrem Rachen verschwunden. Beim zweiten und dritten erst konnte sie den cremigen Honig richtig genießen.

»Holladiho!«, scherzte Jurijs Tante. »Das sind wohl eher zwei hungrige Wölfinnen als zwei Findelkinder!«

Jule stupste Lissy mit einem verschmitzten Lächeln an. »Hmhm«, sagte sie mit vollen Backen. »Wir haben uns ein bisschen verplant, was den Proviant angeht!«

Nachdem Lissy und Jule den letzten Bissen *verschluckt* hatten, wie Jurijs Tante es nannte, gab die Frau ihnen zwei Handtücher und suchte zwei dem ihrigen ganz ähnliche blaue Kleider mit Schürzen aus dem Schrank. »Damit fallt ihr nicht so auf«, zwinkerte sie Lissy zu. »Ich wasche eure Klamotten! In ein, zwei, drei Stunden sind sie bestimmt schon wieder trocken. Das Badezimmer ist hinten, am Ende des Gangs, gleich links.« Sie schob die Mädchen ins Haus.

Lissy genoss den prickelnden Strahl der Dusche so lange, bis Jule sich beschwerte und fragte, ob Lissy ihr nicht auch noch ein bisschen heißes Wasser übrig lassen wolle.

Als sie kurz darauf aus dem Badezimmer traten und sich gemeinsam im Spiegel betrachteten, weiteten sich ihre Augen, bevor sie beide in Lachen ausbrachen.

»Jetzt fehlt nur noch so ein Ding auf dem Kopf!«, quiekte Jule und Lissy drehte sich schnell um die eigene Achse, bis der übers Knie reichende Rock sich kreisrund aufplusterte. »Du siehst aus wie ein richtiges Mädchen!«, sagte Jule.

Lissy streckte ihr die Zunge heraus.

Ohne ihre gewohnten Klamotten waren beide fast neue Menschen, fand Lissy, und sich irgendwie ähnlicher. Vielleicht lag es an den identischen blauen Kleidern. Lissy konnte sich kaum daran erinnern, wann sie das letzte Mal ein Kleid oder einen Rock getragen hatte. Sie fand es einfach unpraktisch und wunderte sich, dass die Frauen der Wenden diese schlichte Tracht früher zur Arbeit getragen hatten.

»Bringt nicht gerade die Figur gut rüber«, meinte Jule.

Als sie in den kleinen Vorgarten des Hauses traten, lächelte Jurij sie an. »Hey, ihr seht spitze aus! Fehlt nur noch die Haube.«

Verlegen blieb Lissy auf der kleinen Veranda stehen. Hier draußen kam sie sich nun doch blöd vor, in einem Kleid als doppeltes Lottchen mit Jule.

Sie trat von einem Bein aufs andere und wäre fast wieder hineingelaufen.

Jurij bückte sich zu den kleinen Beeten, die die Rasenfläche vor dem Haus umrahmten. Er pflückte ein paar Margeriten und eine blaue Blume, die Lissy noch nie gesehen hatte, und band sie zu einem Sträußchen. Mit einem weiten Satz sprang er auf die Veranda. Er zwinkerte. »Statt einer Haube.«

Jule griff schon danach, aber er steckte Lissy die Blumen

in die Haare. Dann schien er zu bemerken, dass Jule eine enttäuschte Schnute zog.

Schnell sammelte er noch ein paar Margeriten ein und überreichte sie ihr. »Kommt, das Fest ist in vollem Gang!«

Auf dem kleinen Marktplatz des Dorfes hatten sich vor einer Backsteinkirche, die kaum größer als eine Kapelle war und ein schiefergedecktes Türmchen hatte, schon viele Menschen versammelt – fast alle in Trachten, ganz ähnlich denen von Jurij und seinen Schwestern. Am Anleger hinter der Kirche schaukelten unzählige Kähne, viele davon waren geschmückt und einige so groß, dass zwanzig oder mehr Personen darin Platz fanden. Anscheinend waren Neugierige aus der ganzen Gegend gekommen.

Viele Männer und Jungen trugen schwarze Anzüge und Zylinder, manche auch nur geschmückte Westen über einem weißen Hemd. Die Frauen wetteiferten untereinander mit ihren großen Hauben, von denen seitwärts Tücher bis fast auf die Schultern herunterhingen.

Aufgeregtes Gewisper und Getuschel erfüllte den Platz, bis endlich ein älterer Mann in die Hände klatschte und sich eine Gruppe von Mädchen und Jungen zu einem Halbkreis aufstellte. In der vordersten Reihe erkannte Lissy Jurijs Schwester. Die Aufregung war ihr anzusehen. Sie konnte kaum ihre Finger im Zaum halten, um nicht ihre schöne Schleife am Kleid oder sonst etwas in Unordnung zu bringen. Kaum jedoch hatte der Dirigent die Hände erhoben, schien alle Unruhe von ihr abzufallen. Sie stimmte mit dem gesamten Chor in einen Gesang ein, der sehr fremdartig in Lissys Ohren klang. Sie verstand kein Wort des Textes, aber die Musik packte sie schon nach wenigen Takten.

Auch Jule schien von dem Lied ergriffen zu sein. In ihrem Gesicht entspannten sich alle Muskeln, die zuvor noch einen verkniffenen Zug um ihre Lippen gelegt hatten. Sogar ihr Lächeln war ein wenig verkniffen gewesen, als Jurijs Tante und Onkel mit anerkennenden Blicken für ihr neues Outfit gewunken hatten.

In diesem Moment gab der Dirigent mit beiden Armen ein Zeichen, wobei er die Spitzen des Daumens und des Zeigefingers aneinanderpresste, alle anderen Finger aber abspreizte. Sofort verstummten alle.

Lissy schaute sich schnell um, ob dies der Moment für Applaus war, aber die Stille währte nur einen Atemzug, dann trat Jurijs Schwester einen Schritt aus der Reihe der Sänger vor.

»Die Vorsängerin!«, flüsterte Jule.

»Kantorka!«, bestätigte Lissy.

Jurij nickte nur und legte den Finger auf die Lippen.

Eine glasklare Stimme, die ohne die geringste Mühe auch den höchsten Ton erreichte, bezauberte die Zuhörer. Vom ersten Wort der fünf Strophen an, die ihr Solo umfasste, bannte Jurijs Schwester die gesamte Menschenmenge auf dem Platz.

Mit geschlossenen Augen lauschte Lissy dem Lied. Noch nie hatte sie so viele Gefühle gehört, nein, gespürt. Gefühle, die Noten geworden waren. Von Sehnsucht und Suche, aber auch von überraschender Freude und Erfüllung schien die Kantorka zu berichten.

Zum Schluss stimmten die älteren Jungen, die schon einen schönen Bass hinbekamen, ein. Nur ein Summen, wie das tiefe Brummen eines Hummelschwarms, beendete das Lied. Sofort toste der Applaus über den Ort, wahrscheinlich sogar über den Wald und die Fließe, so laut kam er Lissy vor.

»Es ist eigentlich ein Lied, das auf Hochzeiten gesungen

wird. Auf Hochzeiten und zur Sonnenwende«, schrie Jurij ihr ins Ohr. »Wenn ich einmal heirate, muss sie es auch singen!«, fügte er hinzu und drehte sich schnell weg.

Lissy hatte jedoch seine glühend roten Ohren trotzdem gesehen.

Ohne Pause übernahm ein kleines Orchester und sorgte für Musik. Männer, Frauen, Jungen und Mädchen stürmten auf eine Holzbühne und begannen einen Tanz, in dem sich zunächst die Tänzer nach Geschlechtern getrennt gegenüberstanden, dann aufeinander zutanzten und kompliziert aussehende Schrittfolgen, im Kreis, voneinander weg, hin und zurück, fehlerlos bewältigten.

»Komm«, forderte Jurij Lissy auf. »Mach mit!«

»Das kann ich nicht!«, sträubte sie sich. »Ich hab zwei linke Füße – mindestens!« Sie rang sich ein gequältes Lächeln ab.

»Dann wird es Zeit, dass du es lernst!« Jurij ließ sich nicht abwimmeln. Er zog Lissy an der Hand zu der Bühne, und bevor sie sich wehren konnte, stand sie schon mit ihm darauf, am Rande der ausgelassen Tanzenden. Er wartete eine Gelegenheit ab, zu der sich alle wieder in einer Reihe einfanden, rief ihr zu, dass sie immer mit dem rechten Fuß beginnen und dann nur ihn anschauen solle.

Volkstanz war mit Sicherheit nicht Lissys Spezialgebiet. Sie hatte es bisher immer vermeiden können, überhaupt tanzen zu müssen – außer auf Onkel Freds Geburtstag. Er hatte es sich als Geschenk gewünscht von ihr. Ihm einen

Korb zu geben wäre ziemlich unhöflich gewesen und Onkel Fred war der Letzte, zu dem sie in irgendeiner Weise ekelig sein wollte.

Die ersten Schritte waren noch ungelenk. Störrisch weigerten sich ihre Beine den richtigen Takt zu finden. Zweimal musste sie rasch wieder in die Reihe schlüpfen, weil sie einen Schlag zu spät dran war. Jedoch erfasste die Musik schneller ihre Glieder, als sie es erwartet hätte. Bald wirbelte sie im Kreis herum, ließ sich an Jurijs Arm hin und her und kreuz und quer bewegen.

Jurij war so sicher und so gut bei Puste, dass er ihr – immer wenn der Tanz sie zusammenführte – auch noch etwas zurufen konnte. »... laufen wir nicht immer so rum, nur zu festlichen Anlässen ...«, schnappte sie einmal auf und: »... eigentlich gehe ich lieber in die Disco ...«

Als sie einen der schnellen Schrittwechsel machen mussten, sich Arm in Arm wie in einem Galopp geradeaus und dann, nach einem abrupten Stopp, im Kreis herum bewegten, flüsterte Lissy ihm etwas ins Ohr und Jurij rief begeistert: »Gekapert?«

»Scht!«, verschloss sie ihm den Mund mit der Hand, verriet ihm aber noch: »Wir wollen bis zur Elbe!«

Einen Augenblick, der ihr aber wie eine Ewigkeit erschien, blieben ihre Finger auf seinen Lippen liegen, weil Jurij ihre Hand erfasst hatte. Erst jetzt sah Lissy, über seine Schulter hinweg, wie übellaunig Jule mit verschränkten Armen am Rand der Tanzbühne an dem Geländer lehnte.

»Jule, komm schon«, rief Lissy. Sie rannte zu ihr und

stützte sich nach Luft japsend mit dem Arm auf Jules Schulter ab. »Mach doch mit!«

Jule streifte Lissys Arm ruppig von sich ab. »So 'n verstaubter Kram! Kann ich nicht und will ich nicht.«

»Zick nicht rum. Das lernst du ganz schnell. Wenn ich es kann, kannst du es erst recht!«

Auch Jurij und seine Schwester drängten Jule in die Reihe und schon setzte die Musik wieder ein. Beim nächsten Tanz wechselten reihum die Tanzpartner, bildeten Girlanden, durch die alle laufen mussten, und Vierergruppen, in denen alle einen Arm in der Mitte miteinander verschränkten, eine Runde rechtsherum drehten, in die Hände klatschten, kehrtmachten und in die entgegengesetzte Richtung weitertanzten.

Als Jurij und die beiden Mädchen zufällig in einer Gruppe landeten, bot der Wende ihnen an, sie zu führen.

»Führen?«, fragte Jule.

»Ja, auf dem schnellsten Weg Richtung Elbe!«, antwortete Jurij. »Sonst irrt ihr in drei Wochen noch im Spreewald herum und wir finden euch eines Tages als abgenagte Skelette!«

»Und das Fest?«, fragte Lissy.

Er zuckte nur die Achseln. »Es ist noch früh am Tag, und wenn wir uns beeilen, bin ich zur Wahl des Wendenkönigs am Abend wieder da!«

Jurij zog sich in Windeseile um, während seine Tante einen üppigen Fresskorb packte. Nachdem Lissy und Jule in ihre sauberen und getrockneten Klamotten geschlüpft waren, verabschiedeten sie sich von Jurijs Familie. Worschola vergoss ein paar Tränen, weil sie Lissy zu ihrer neuen besten Freundin auserkoren hatte und ihr unbedingt noch beibringen wollte, wie man die winzigen Rosen stickte. Erst als Lissy versprach, sie ganz bestimmt bald wieder zu besuchen, erlaubte Worschola, dass die Mädchen und Jurij das Floß bestiegen und es davonstakten.

Jurij bewegte das Floß mit kräftigen Schüben durch ein breites Fließ, das schon bald in einen von Feldern gesäumten Fluss überging. Als die Wassertiefe zu groß wurde, stellten Lissy und Jurij das Segel auf. Der Wind war gnädig und trieb sie zügig voran.

»Wer kein Ziel hat, findet auch keinen Wind, um dorthin zu segeln«, sagte Jurij. »Das ist ein Spruch von einem alten Eroberer, angeblich. Hab ich mal irgendwo aufgeschnappt. Wilhelm von irgendwas.«

»Wir haben glücklicherweise beides«, sagte Lissy, klang aber nicht sehr überzeugt dabei. Insgeheim hatte es ihr sehr gefallen in dem altertümlichen Dörfchen mitten im Wald, umgeben von Wasserläufen und verwunschenen Wegen. Sie ließ das hölzerne Ruder zu Wasser, mit dem das Floß beim Segeln gesteuert werden konnte.

»Ich mach schon.« Jurij hockte sich im Schneidersitz direkt neben sie.

Kurz zögerte Lissy, aber dann überließ sie ihm das Ruder – für eine halbe Stunde, höchstens, das schwor sie sich.

Ein ganz anderer Mensch war Jurij, fand Lissy, so ohne Zylinder und schwarzen Anzug.

Er trug jetzt eine verwaschene Jeans, die er knapp über den Knien abgeschnitten hatte, seine Sneakers hatte er schon bei der Abfahrt in seinen Rucksack gestopft, in dem vorher die Alltagsklamotten gesteckt hatten. Sein T-Shirt hatte schon bessere Tage gesehen. Die gelbe Farbe war nur noch zu erahnen und der Aufdruck war kaum noch zu lesen.

»Was steht denn da?«, fragte Lissy.

»*Kiss the future!* Hat mir meine Cousine Doris aus Berlin geschenkt. Modedesignerin! Schrille Type, ich musste erst mal die quietschgelbe Farbe rauswaschen, aber der Spruch ist cool.«

»Kiss the future«, murmelte Lissy leise und musste an das Gefühl denken, als sie ihre Finger auf die weichen Lippen des Jungen gelegt hatte.

Eine geraume Zeit bewegten sie sich schweigend durch den Wald. Nur ab und zu machte Jurij die beiden Mädchen auf Dinge aufmerksam, die ihnen auf den ersten Blick völlig unbedeutend vorkamen.

»Da«, zeigte er einmal, »seht ihr die matschige Stelle? Das ist ein Wildwechsel, die Wildschweine durchqueren hier das Wasser, deshalb ist alles so zerwühlt.« Oder er erklärte ihnen, warum ganz oft zwei Libellen ineinander verhakt herumsurrten: »Das sind Pärchen«, lachte er. »So kann das Männchen verhindern, dass ein Konkurrent etwas mit seinem Mädel anfängt.«

Jurij wusste an jeder noch so kleinen Verzweigung, welches Fließ er ansteuern musste.

»Du kennst dich aber gut aus!«, sagte Lissy bewundernd und überlegte sich, ob sie ihn etwas fragen sollte, das ihr schon lange unter den Nägeln brannte. Es war ihr ein wenig peinlich, denn die Frage war vielleicht ein bisschen kindisch, und wenn sie in seiner Gegenwart etwas auf keinen Fall wollte, dann war es, kindisch zu wirken. Endlich wagte sie es doch. »Du, Jurij«, legte sie vorsichtig los, »also, es klingt vielleicht eigenartig, aber ... « Sie traute sich doch nicht.

»Was denn?«, fragte Jurij.

»Na ja«, versuchte Lissy es noch einmal. »Dieser Wald, das Wasser, alles wirkt so ... so ... «

»Gespenstisch?«

»Genau, besonders abends und nachts, da wird aus ... «

»... aus einer knorrigen Wurzel eine Geisterfratze! Huhuuu!«, schnitt Jule ihr das Wort ab und machte sich lustig über Lissy. Sie hüpfte wie ein Kobold auf dem Floß herum.

»Seid ihr dem Nachtjäger begegnet?«, fragte Jurij, als spräche er über die natürlichste Sache der Welt oder als erkundigte er sich nur nach der Uhrzeit. In seiner Stimme lag kein Hauch von Spott. »Oder dem Schlangenkönig?«

Jule erstarrte in ihrem Veitstanz, der das Floß bedenklich zum Schaukeln gebracht hatte. »Schlangenkönig?«

»Eine Frau«, wagte Lissy es nun doch. »Wir haben eine Frau gesehen, ganz weiß gekleidet!«

Jurij hatte so selbstverständlich von Plon, dem Hausdrachen über der Tür seiner Tante, vom Nachtjäger und vom Schlangenkönig gesprochen, wie er nun erklärte, dass es sich nur um die Mittagsfrau handeln könne. An heißen Sommertagen zur Mittagszeit wandle, so beteuerte er, eine weiß gekleidete Frau durch die Felder, um diejenigen zu bestrafen, die während der Ruhestunden arbeiteten. Nur eine einzige Rettung vor der Strafe der Mittagsfrau gab es: Man musste eine Pause einlegen und in den Schatten gehen.

»Aber ich habe sie noch einmal gesehen, an einem Lagerfeuer. Nachts!«, betonte Lissy.

Nun lachte Jurij doch. »Okay, das war wohl nicht die Mittagsfrau. Da seid ihr dann eher der alten Erna auf den Leim gegangen. Sorry, ich meine, begegnet. Hat sie euch die Zukunft vorhergesagt? Und Kräuter verbrannt?«

Lissy nickte.

»Dann kannst du ja gespannt sein, ob alles so eintritt!«

»Ganz bestimmt nicht«, meldete Jule sich mürrisch zu Wort. Sie hatte bisher kaum einen Ton von sich gegeben und so getan, als sonnte sie sich. »Angeblich soll Lissy sich verli…«

»Gibt's eigentlich noch was zu essen?«, fiel Lissy ihr ins Wort. Aus ihren Augen schossen kleine, vergiftete Pfeile in Jules Richtung.

»Na ja, dummes Zeug hat sie geredet«, sagte Jule mit

einem hämischen Grinsen. Sie beugte sich über den Fresskorb, den Jurijs Tante gepackt hatte. »Gurken!«, tönte sie enttäuscht, fand dann aber belegte Brote mit Käse, Salami, Eiern und Tomaten. Sofort biss sie gierig in eine Wurststulle und spülte sie mit einem großen Schluck Apfelsaft hinunter.

»Spreewaldgurken!«, betonte Jurij. »Das ist eine Spezialität! Die sind nirgendwo so lecker wie hier!«

Mit einem *Plopp* öffnete Lissy das Glas und kostete eine der dicken grünen Gurken. »Sauer!« Sie verzog das Gesicht. »Aber sauer macht lustig!«, sagte sie und kicherte los. »Probier auch eine «, bot sie Jule an.

»Ich bin lustig genug!«

»Davon sieht man aber nicht viel«, antwortete Lissy.

»*Du* schaust ja auch nur in eine Richtung!«, gab Jule zurück und setzte sich an das hinterste Ende der Plattform. Sie ließ die Füße ins Wasser hängen. Seit sie den Wald verlassen hatten und einen breiten, ruhigen Strom hinabsegelten, schien sie auch keine Angst mehr zu haben, dass ein Schlangenkönig oder ein Blutegel nach ihrem Bein schnappen würde.

Schon die ganze Zeit war Lissy aufgefallen, dass Jule patzig, motzig, zickig oder alles zusammen war. Das erste Mal seit ihrer Abfahrt hatte Lissy hingegen ein rundum gutes Gefühl: Sie kamen vorwärts, Matze war nicht mehr aufgetaucht und dieser gespenstische Wald lag hinter ihnen. Nur an Pop musste sie öfter und öfter denken.

Jule jedoch spielte die Motzkuh, wofür es in Lissys Augen keinerlei Grund gab. Sie wollte Jule gerade zur Rechenschaft ziehen, als Jurij nach vorne zeigte und sie auf die Schleuse aufmerksam machte.

»Da müssen wir durch!«, rief er. Er lenkte das Floß zum Ufer und machte neben einem rostigen Kahn mit einem windschiefen Aufbau vorne, zum Schutz des Steuerrads, fest. Nur der Name des kleinen Schleppers leuchtete in frischer weißer Farbe am Bug: *African Queen*. »Meldet ihr uns beim Schleusenwärter an?«, fragte Jurij.

Jule rührte sich nicht, sie tat, als hätte sie mit der ganzen Sache gar nichts zu tun.

Blöde Kuh, dachte Lissy. Ihr war es sowieso lieber, selbst mit dem Schleusenwärter zu reden und sich dabei die Schleuse genau ansehen zu können. Mit einem Satz sprang sie an Land, bevor Jurij wirklich angelegt hatte. Sie rutschte auf der trockenen Grasböschung aus und glitt mit dem linken Bein ins Wasser. Panisch krallte sie sich im Uferbewuchs fest, aber es war gut gegangen. Nur das linke Hosenbein ihrer Baggy war feucht und schlammig.

In dem kleinen Häuschen hoch oben am Rande des Walls, der wohl aufgeworfen worden war, damit der Wärter den Betrieb der Schleuse besser überblicken konnte, döste ein kleiner Mann. Außer Turnschuhen und einem Strohhut trug er nur eine fleckige Latzhose.

Unter der Decke surrte ein Miefquirl, wie Budenkötter Ventilatoren nannte, und bewegte die unendlich vielen roten Haare auf den Schultern des Mannes. Ein zweiter, kleinerer Propeller stand vor dem Schaltpult an der Längsseite des Raums, vermutlich um die elektronischen Steuerungsgeräte der Schleuse vor Überhitzung zu schützen.

Lissy klopfte an den Türrahmen.

Der Mann zuckte zweimal mit der Oberlippe und öffnete in aller Seelenruhe zuerst ein Auge, dann das andere, schmatzte und rieb sich mit einer Hand über den Mund und die Wangen, wobei ein schrappendes Geräusch zu hören war, als er über seine rötlichen Bartstoppeln strich. »Ahoi!«, sagte er.

Zu Lissys Erstaunen hatte er keineswegs eine brummige Seebärenstimme, wie sie es bei einem Schleusenwärter erwartet hätte. Er klang eher wie ein quiekendes Schweinchen.

»Was kann ich für Sie tun, junge Dame?«

Lissy hasste es, wenn jemand sie *junge Dame* nannte. Letztendlich bedeutete das nämlich das Gegenteil. Dann hielt man sie mitnichten für einen erwachsenen Menschen, mit dem man normal reden konnte, sondern für etwas, das man nach Gutdünken *Kindchen* oder *Kleines* oder eben *junge Dame* nennen konnte. Sie versuchte trotzdem so freundlich wie möglich zu sein. »Wir müssen durch die Schleuse!«

»Na, dann schwimmt mal zu …« Er brach in ein quiekendes Gelächter aus, wuchtete sich aus seinem Campingstuhl und schaute zum Fenster hinaus. »Teufel auch, was ist das denn für ein Gefährt? Damit? Durch meine Schleuse?«

Lissy wünschte sich inbrünstig, dass Jule nun bei ihr

sein oder ihr freundlichstes Verführungslächeln heraufschicken oder wenigstens »Huhuuuchen!« rufend winken würde. Aber leider geschah nichts davon. Sie musste alleine klarkommen.

»Das Ding bricht doch jeden Augenblick auseinander und dann treibt ihr mir mitten in der Schleuse! Nee, nee, Kleines!«

Das *Kleines* schluckte Lissy hinunter. Sie wusste genau, dass einer ihrer Wutanfälle hier nicht weiterhelfen würde. »Da bricht nix! Ich hab das Floß selbst gebaut!«, flunkerte sie.

Das Telefon neben der Schalttafel klingelte. Der Schleusenwärter schaute auf das leuchtende Display und schüttelte den Kopf. »Bloß nicht!«, rief er aus und zwinkerte Lissy zu. »Meine Alte, äh, die gnädige Frau Muckenried! Komm schnell, sie lässt garantiert durchklingeln, und das nervt. Aber wenn ich drangehe, dann nervt sie noch mehr. ›Bring dies mit, vergiss jenes nicht!‹ – Schrecklich!« Er schob seinen Strohhut in den Nacken und rannte aus dem Raum.

Lissy war schon fast an der Tür, um ihm zu folgen. Als aber das Klingeln erstarb, zögerte sie. Sie schaute das Telefon an, wandte sich wieder zur Tür, schaute wieder das Gerät an. Ihre Zähne marterten ihre Lippen. Sie knabberte so fest darauf, dass sie jeden Augenblick zu platzen drohten, dann nahm Lissy den Hörer und wählte schnell eine Nummer.

Es hatte noch nicht ein halbes Mal geklingelt, als jemand am anderen Ende verzweifelt rief: »Hallo? Lissy? Bist du das?«

»Pop?«, tröpfelte es über Lissys Lippen. Sie wusste plötzlich nicht mehr, was sie eigentlich sagen wollte.

Ein Gewurschtel war zu hören, zwei Stimmen zankten sich um den Hörer, dann schrie eine Frau: »Lissy? Jule? Auf der Stelle kommt ihr zurück ...«

»Das bringt doch nichts, Frau Rosch«, hörte Lissy die Stimme ihres Vaters im Hintergrund. »Lissy, wir machen uns Sorgen ...« Er hatte das Handy zurückerobert.

»Megasorgen machen wir uns. *Mega*!«, rief Jules Mutter nun von hinten.

»Wo seid ihr denn, Lissy?«

Bevor Lissy antworten konnte, drückte eine schwielige Hand auf die Gabel und eine Schweinchenstimme stellte klar, dass es sich um eine Schleuse handle und nicht um eine Telefonzelle.

»Außerdem wolltest du doch unbedingt durch die Schleuse, na bitte, dann schiebt euer Floß mal hinein. Alle Achtung, das ist echt das beste Floß, das ich je gesehen habe. Ausgenommen die, die ich früher selbst gebaut habe, versteht sich. Da verblasst ja sogar meine alte *African Queen*!«

Lissy konnte ihren Blick nicht vom Telefon losreißen, aber der Mann drängte, weil er schon den Hebel heruntergedrückt hatte, um das vordere Schleusentor zu öffnen. Das Telefon schrillte wieder los, aber der Wärter überhörte es einfach.

»O nein, sie ist aber hartnäckig heute«, stöhnte der Wärter. »Wahrscheinlich hat sie bei der Hitze keine Lust, einzukaufen, und will mir die ganze Einkaufsliste diktieren!« Er scheuchte Lissy nach draußen.

Wenige Minuten später schloss sich die schwere Metalltür hinter dem Floß, das Jurij geschickt in das einige Meter breite Becken bugsiert hatte. Rechts und links umschlossen sie gemauerte Wände, die knapp einen Meter höher als die Wasserlinie waren. Vorne und hinten wurde die Schleusenkammer durch die eisernen Tore begrenzt, die so hoch hinaufragten, dass Lissy den Oberlauf des Flusses nicht mehr sehen konnte.

In der Ferne röhrte ein Motor. Das Geräusch wurde schnell lauter.

»Ein Motorboot«, stellte Jurij fest. »Der Fluss ist hier für ein paar Kilometer begradigt, das nutzen viele als Rennstrecke.«

Der Wärter winkte ihnen von seinem Häuschen aus freundlich zu.

»Nun mach schon«, forderte Lissy Jule auf und winkte selbst fröhlich zurück.

»Das ist ein ekeliger Fiesling und er hat mir auf die Titten gestarrt.«

»Ach, das ist neuerdings ekelig?«, stichelte Lissy. »Am Ende überlegt er es sich noch mal anders, also wink!«

Die Schleusentore ruckelten leicht und Lissy erwartete, dass das Wasser langsam absinken würde, aber es tat sich nichts. Sie dümpelten in der Kammer und sahen, dass der

Wärter sein Häuschen verließ und hinunter zum Landungssteg trottete.

»Vielleicht will noch ein anderes Boot geschleust werden!«, mutmaßte Jurij.

In Lissy stieg ein ungutes Gefühl auf. Tatsächlich drangen kaum eine Minute später ein paar unterdrückte Schreie vom oberen Ufer herunter in die Schleuse. Lissy hätte schwören können, dass es die panische Stimme des Schleusenwärters gewesen war. Kurz darauf entdeckte sie als Erste den roten Schopf, der sich langsam über den Rand des oberen Schleusentors schob: Tom.

Er schnitt Grimassen, verzerrte die Lippen, als wollte er lautlos Worte formen. Sie begriff nicht sofort, was das zu bedeuten hatte, aber dann wurde ihr schnell klar, dass ihre Befürchtungen eingetreten waren.

»Bereit zum Entern!«, ertönte auch schon Matzes Stimme und sein Kopf tauchte neben dem von Tom auf, der sich sofort bemühte, grimmig dreinzuschauen.

Über eine kleine Leiter stiegen Matze, Gio, Ratte und zuletzt auch Tom herab in die Schleuse. Die Jungs bauten sich breitbeinig auf den Seitenmauern auf.

Dreckig lachend freute Matze sich: »Ihr habt doch nicht wirklich geglaubt, dass die Bullen uns mit ihrem schrottreifen Kahn kriegen würden?«

»Eher versenke ich das Floß, als es dir zu überlassen!«, drohte Lissy ihm, aber sie war sich der Sache nicht so sicher, wie ihre Worte klangen. Vier gegen drei, das war keine gute Ausgangslage. »Außerdem hat der Schleusenwärter es sicher nicht sehr gerne, wenn in seiner Schleuse Randale gemacht wird!«

»Dein Schleusenwärter liegt gut verschnürt auf dem Steg!« Matze rotzte ins Wasser. »Falls du das hier überlebst, freut er sich sicher, wenn du ihn später befreist!«

»Wir liegen hier wie auf dem Präsentierteller«, zischte Jule. »Scheiße!«

»Wer ist denn das?«, wollte Jurij wissen.

Lissy kam nicht dazu, es ihm zu erklären.

Mit ein paar Schritten Anlauf sprang Matze los. Sein gellender Schrei, der nichts Gutes versprach, dröhnte der Floßbesatzung in den Ohren. Matze strampelte mit den Beinen wie ein Weitspringer, der seinen Satz noch um die entscheidenden Zentimeter verlängern will. Er ruderte mit den Armen. Fast schien es, als bewegte er sich in Zeitlupe auf das Floß zu, wie in einem Film, in dem der Regisseur dem Zuschauer keine Sekunde des Schreckens ersparte, sondern sie im Gegenteil ins Unendliche ausdehnte.

Die anderen Jungen folgten ihm sofort, aber nur Tom schaffte ebenfalls den direkten Sprung auf die Plattform des Floßes. Gio strampelte im Wasser, Ratte schluckte immer wieder von der braunen Brühe des Flusses, weil er mit einer Hand Kowalski hoch über die Wasserlinie hielt.

Jule hatte sich sofort eine der Holzstangen genommen und versuchte die beiden davon abzuhalten, das Floß zu entern. Matze versetzte zuerst Jurij, der auf so etwas nicht gefasst war, einen Stoß in den Magen, drehte Jule einen Arm auf den Rücken und ermöglichte so seinen Helfern aus dem Wasser zu klettern.

»Hilf mir, Lissy!«, schrie Jule.

Lissy stürzte sich auf Matze. Sie zog seinen Kopf an dem blonden Zopf zurück. Matze schrie auf, stieß seinen Ellbogen nach hinten und schleuderte Lissy weg. Während

Gio und
Ratte versuchten Jurij
matt zu setzen, sammelten die
Mädchen alle Wut und warfen sich gegen Matze. Mit dem Überraschungsmoment im Rücken rammten sie den viel schwereren Jungen von dem Floß hinunter. Rückwärts platschte Matze aufs Wasser.

Jule applaudierte. »So. Das hätten wir!«, lachte sie und sprang Jurij zu Hilfe, der Gio und Ratte nur mit Mühe in Schach halten konnte.

Sofort drehte Lissy sich um und griff Tom an.

Er hob abwehrend die Hände. Die Verzweiflung stand

ihm ins Gesicht geschrieben. »Lissy, hör auf! Es tut mir leid. Ich bin nur mit …«

»Du bist ein mieser Feigling!« Lissy stürzte sich auf ihn.

Von der Wucht des Angriffs umgestoßen, knallte Tom zu Boden. Sie stürzte sich auf ihn, setzte sich auf seinen Bauch und bombardierte ihn mit Faustschlägen und Ohrfeigen. Instinktiv hob er die Arme, wehrte sich aber nur halbherzig.

»Ich muss mit dir reden!«, schrie er.

Lissy lachte ihn nur aus. »Zum Reden ist es vielleicht ein bisschen zu spät!« Sie holte tief Luft.

Die winzige Pause reichte Tom, um Lissy von sich zu schütteln und den Spieß umzudrehen. In Sekundenschnelle hatte er seine Angreiferin auf die Seite geworfen, sich auf ihren Bauch gesetzt und ihre Oberarme mit seinen Knien auf dem Boden festgenagelt. »Lissy, ich bin nur mitgefahren, um mich zu entschuldigen, ich wollte euch beschützen.«

»Danach sieht es aber gar nicht aus«, presste Lissy hervor. Sie zappelte und ruckelte, aber Tom war stärker.

»Doch, schau!«, beteuerte Tom. Er nahm die Knie von ihren Armen.

Sofort scheuerte ihm Lissy eine. »Idiot!«, schrie sie.

»Stimmt! Idiot!«, rief Matze, der genau hinter Tom stand. Triefnass hatte er sich wieder auf das Floß gehievt. »Warum lässt du sie laufen?«

Lissy war aufgesprungen. Wie hatte sie glauben können, dass er so schnell zu besiegen war?, fragte sie sich. Ihre Augen suchten das Floß nach einer Waffe gegen Matze ab.

Der Kampf entbrannte von Neuem, wogte hin und her.

Jule stand plötzlich vor Gio. Sie stützte die Hände in die Hüften: »Und?«, fragte sie herausfordernd. Sie schien Gefallen an dem Kampf zu finden.

Obwohl der kleine Italiener vorher nicht zimperlich gewesen war, setzte er nun eine coole Miene auf. »Ich schlage keine Mädchen«, warf er verächtlich hin.

»Pech gehabt!«, sagte Jule trocken und fuhr ihren Arm blitzschnell in gerader Linie aus. »Ich aber Jungs!«

Ihre Faust traf mit voller Wucht auf Gios Nase, die knirschte, als knackte jemand eine Walnuss. Dann sickerte ein rotes Rinnsal aus dem linken Loch.

Gio tastete sein Gesicht ab, hielt sich dann beide Hände über die Nase und lamentierte lauthals los. »Dnu haft mir dü Nachee gepruochn!«, quetschte er hervor. Eine Sekunde später sank er auf die Knie und röchelte etwas, das so klang wie: »Ich kann kein Blut sehen.«

Ratte starrte den Italiener entsetzt an. »Du hast ihn umgebracht!«, stammelte er.

»Genau! Und dich binden wir an den höchsten Mast«, triumphierte Lissy. »Das Seil, Jurij!«, schrie sie.

Sie hing Huckepack auf Matzes Rücken. Den rechten Arm hatte sie fest um seinen Hals gelegt, aber Matze wehrte sich verbissen. Zentimeter für Zentimeter löste er Lissys Beine, die sie um seinen Unterkörper geschlungen hatte.

Jurij nahm eines der Taue, mit denen das Floß festgemacht wurde, und wickelte es zweimal um Rattes Körper. Mit an den Bauch gepressten Armen torkelte Ratte über das Deck. Als Jurij sich ihm näherte und drohte, ihn so verschnürt ins Wasser zu werfen, gab er auf.

Zu dritt standen Jule, Jurij und Lissy, die von Matzes Rücken abgesprungen war, nun dem Anführer der Jungs gegenüber. »Verdammt«, presste dieser hervor. Er suchte aus den Augenwinkeln nach Tom, rief ihn, aber Tom war verschwunden.

Jurij trat einen Schritt vor.

Matze wich zurück.

»Stopp!«, befahl Lissy. »Er gehört mir.«

Sie zückte ihr Taschenmesser.

Totenstille trat ein. Alle erstarrten.

In Lissys Gesicht spiegelten sich Wut und Verachtung.

»Lissy!«, flüsterte Jule. »Wir haben sie besiegt ...«

Ihre Worte wurden immer leiser, denn Lissy rückte unbeeindruckt Schrittchen für Schrittchen vor, bis Matze an der vorderen Reling stand.

Einen kurzen Augenblick flackerte etwas durch Matzes Augen, das wie Angst aussah. Dann aber fasste er sich und ging zum Gegenangriff über. Er spielte den Coolen. »Ich lach mich schief. Das traust du dich ja doch nicht.«

Er zuckte kaum, als Lissy das Messer anhob und einmal kurz und schnell die Luft durchbohrte. »Ach nein?«, fragte sie kämpferisch.

»Ach ja!«, antwortete er.

Lissy sprang den letzten Schritt nach vorne. Matze rührte sich nicht. Nur noch wenige Zentimeter trennten die beiden. Die Messerspitze kratzte an Matzes Bauch. Lissy roch den Schweiß, der über Matzes Stirn strömte.

»Lissy, komm schon!« Jurij streckte die Hand aus. »Gib mir das Messer!«

Lissy zuckte mit der Hand, zog das Messer gerade eine Klingenbreite zurück.

Plötzlich bewegte sich das Floß. Lissy schaute zum Schleusenwärterhaus und sah gerade noch Toms roten Schopf hinter der Scheibe. Plötzlich lief das Wasser Zentimeter für Zentimeter rauschend ab und senkte das Floß behutsam ab.

Sofort nutzte Matze die kleine Unsicherheit in Lissys Miene und warf ihr ein schmutziges »Ische!« hin.

Jule schrie auf: »Nicht, Lissy!«

Es war zu spät. Lissy war nicht zurückzuhalten. Die Klinge blitzte auf. Matzes Augen waren schreckensstarr nach unten gerichtet, als Lissy das Messer in aller Seelenruhe an der Kordel ansetzte, die seine Shorts hielt. Mit einem leisen *Sssrrt* durchtrennte Lissy sie.

Matze stand in einer geblümten Unterhose da.

Sofort streckte Jule den Zeigefinger aus und prustete los. Auch Jurij konnte sich ein Grinsen nicht verkneifen.

Es brauchte nur einen kleinen Schubs von Lissy, und Matze verhedderte sich in der Hose, die auf der Höhe seiner Fußknöchel hing. Er fiel auf die Holzplanken.

»Hilf mir!«, rief Lissy.

Jule reagierte sofort. Mit ein paar Stößen drängte sie Matze gemeinsam mit Lissy zum Rand des Floßes und stieß ihn ins Wasser.

Fluchend schwamm Matze zur Mauer der Schleusenkammer und kletterte an Land. »Verdammt!«, schrie er und setzte zu einer weiteren Kanonade von Flüchen an, aber seine Verwünschungen gingen im Quäken einer Sirene unter.

»Du rührst dich nicht von der Stelle!«, befahl die Wasserschutzpolizistin und wandte sich dem Schleusenwärter zu.

Matze, Ratte und Gio saßen nebeneinander aufgereiht auf den Steinplatten vor dem Schleusenwärterhäuschen. Beim kleinsten Mucks stauchte die Beamtin die Jungs zusammen.

»Also, noch einmal fürs Protokoll«, mischte sich nun ihr Kollege ein. »*Sie* haben uns angerufen ...«

»Nein, habe ich nicht«, sagte der Schleusenwärter. »Die Stinktiere haben mich gefesselt auf meiner *Queen* liegen lassen ...«

»Ihrer *Queen*?«

»'tschuldigung, Frau Wachtmeister! Meine *African Queen*, mein Boot. Sieht nach nichts aus, schippert aber wie eine Eins!« Er zeigte zum Wasser. »Als ich mich befreien konnte, waren Sie ja schon fast da!«

Die Polizistin schaute hinunter zum Ufer.

Schnell duckte Tom sich hinter einen Stapel Bierkisten, die im Heck des Kahns standen. Vorsichtig zog er eine ölige, stinkende Plane, die auf dem Boden gelegen hatte, weiter über den Kopf.

»Also, die vier Kerle ...«, wollte der Schleusenwärter fortfahren, aber er wurde schon wieder unterbrochen.

»Vier?«, fragte die Polizistin. »Ich sehe nur drei!«

Der Schleusenwärter nahm den Sonnenhut ab und kratzte sich an der schorfigen Glatze, die darunter zum Vorschein kam. »Ich könnte schwören, dass es vier waren, aber, na ja, es ist so heiß heute! Da kommt man ganz durcheinander.«

Der Polizist trat einen Schritt näher, reckte die Nase ein wenig in die Richtung des Mannes und schnüffelte. »Schon was getrunken heute?«

»Herr Wachtmeister! Ich habe einen verantwortungsvollen Job. Ich trinke nie Alkohol im Dienst. – Jedenfalls haben die Kerle mich überfallen, gefesselt, die Schleuse angehalten und dann habe ich nur noch Getöse und Geschrei gehört, und als ich mich endlich befreit hatte, standen die Hosenscheißer tropfnass da und das Floß ...«

»Welches Floß denn?« Die Polizistin verdrehte die Augen. Ihre Stimme klang nun schon mehr als gereizt.

»Das Floß, das gerade in der Schleuse war.«

»Mein Floß!«, schnauzte Matze. »Das ist jetzt weg, geklaut! Da sollten sie hinterher sein.«

»Du hältst den Mund«, blaffte die Polizistin.

»Das ist weg?«, wunderte sich nun der Schleusenwärter. »Aber wer hat es aus der Schleuse gelassen?«

Tom grinste in seinem Versteck. Es hatte ein paar Versuche gebraucht, bis er den richtigen Hebel gefunden hatte, mit dem das Wasser abgelassen und das Tor geöffnet wurde. Dummerweise war genau in dem Moment, als er endlich zu Lissy überlaufen wollte, die Polizei eingetroffen. Das Boot war das einzige Versteck weit und breit gewesen, das ihm halbwegs sicher erschien.

»Mir reicht es«, hörte er jetzt den Wasserschutzpolizisten schimpfen. »Der ganze Verein kommt mit in unsere Dienststelle und dann werden wir schon Licht in die Angelegenheit bringen.«

»Aber mein Floß ist geklaut worden, verdammt noch mal!«, schrie Matze wütend. »Solche Idioten ...«

»Du, mein Bürschchen«, knöpfte sich der Polizist Matze vor und zog ihn am Kragen seines nassen T-Shirts näher an sich, »hältst einfach mal den Ball flach. Diebstahl eines teuren Rennbootes, Rumröhren in der Schutzzone, Körperverletzung und Freiheitsberaubung und nun auch noch Beamtenbeleidigung. Ich bin gespannt, was deine Eltern dazu sagen.«

Kaum waren die Polizisten flussaufwärts verschwunden, streckte Tom die Nase unter der muffigen Plane hervor. Er wollte sich ebenfalls so schnell wie möglich verdünnisieren, aber nun hatte der Schleusenwärter sich einen Liegestuhl unter den Hintern geschoben und es sich auf dem schmalen Deck des Kahns gemütlich gemacht.

Er ließ den Verschluss einer Dose Bier zischen und setzte das kalte Getränk gleich an den Mund. Mit gierigen Schlucken stürzte er den ganzen Inhalt auf einmal in seinen Rachen, rülpste laut und sagte: »Menschenskinder, alte *Queen*, da erleben wir noch Sachen, was? Da haben wir uns eine Pause verdient.«

Tom überlegte einen Moment, ob er mit einem Überraschungsangriff den Schleusenwärter überrumpeln oder von dem Kahn fliehen sollte. Dann entschloss er sich jedoch abzuwarten. Das Bier und die Sonne würden schon dafür sorgen, dass er bald einschlief und Tom sich heimlich, still und leise aus dem Staub machen konnte.

Das Schleusentor hatte sich noch nicht ganz hinter ihnen geschlossen, als Lissy schon den Befehl zum Segelsetzen gegeben hatte. Das Floß glitt zügig auf der stärker werdenden Strömung des Flusses dahin.

»Denen haben wir es gegeben!«, murmelte Lissy immer wieder zufrieden.

Beim Auftauchen der Wasserschutzpolizei war Lissy der Schreck in die Glieder gefahren, weil sie davon ausging, dass Jule und sie längst gesucht werden würden. Die Beamten waren jedoch nur hinter Matze her gewesen.

Jule tastete ihre Stirn ab, an der sie eine kleine blutige Schramme davongetragen hatte. Ihre Stimmung schien wieder auf dem Nullpunkt gelandet zu sein. »Das gibt sicher eine Narbe.«

»Nun spiel nicht die Zimperliese, so ein kleiner Kratzer wird keine Narbe. Ein Pirat kennt keinen Schmerz.«

Bevor Jule und Lissy sich in die Haare geraten konnten, schlug Jurij vor, das Floß in einen Seitenarm zu lenken und eine Pause zu machen. Der Fluss verzweigte sich immer wieder, einige Läufe wälzten sich – mal ein paar hundert Meter, mal ein oder zwei Kilometer weit – träge neben dem Hauptstrom her. »Da hinten durchfließt dieser Arm einen kleinen See, wir können schwimmen und am Ufer picknicken!«

Kaum hatten sie das Floß auf den kleinen Kiesstrand gezogen, der den See am südlichen Ufer wie eine weißgraue Sichel umzog, sprang Jule an Land. Ihren Badeanzug in der Hand schwingend verschwand sie im Schilf. In Sekundenschnelle flogen ihr T-Shirt und ihre Shorts hoch in den blauen Himmel und segelten wieder hinab. Als sie von den haarigen Rispen der Schilfgrasblüten aufgefangen wurden, stoben die winzigen Fäden der Ähren auf und erfüllten die Luft mit den feinen Schirmchenfliegern, die die Blütensamen in alle Richtungen trugen. Jule nieste zweimal geräuschvoll, trat aus dem mannshohen Dickicht des Ufergrases hervor und spurtete ins Wasser.

»Kommt schon, es ist großartig!«, lockte sie Jurij. »Lissy, nun mach schon, es so schön kühl!«

Mit kraftvollen Zügen durchpflügte Jule das Wasser. Von der zarten Badenixe mit Dutt und Einheits-Make-up des Wasserballetts war nichts mehr zu erkennen. Plötzlich verschwand Jules Oberkörper kerzengerade in der Tiefe. Zwei durchgedrückte Beine, von den Knien bis zu den Zehenspitzen eine Linie, reckten sich zum Himmel, fächelten ein paarmal hin, ein paarmal her und verdrehten sich zu einer Spirale. Als Lissy schon beim Zusehen fast die Luft ausging, tauchte Jule wieder auf. Sie schwamm weiter, ohne auch nur einmal zu verschnaufen oder nach Luft zu schnappen.

»Wow«, bewunderte Jurij die Vorstellung, die Jule abgeliefert hatte. »Und? Auch Lust?«, fragte er.

Lissy schüttelte energisch den Kopf. »Erst mal muss ich das Floß checken. Vielleicht ist irgendwas kaputtgegangen.« Ohne Jurij auch nur einen Blick zu schenken, kramte sie geschäftig hier herum, räumte da eine der Stangen von links nach rechts und zupfte dort am schlaff herunterhängenden Segel.

»Huhu!«, tönte es aus der Mitte des kleinen Sees. Jule wedelte mit beiden Armen wie eine Ertrinkende, allerdings gut anderthalb Meter über dem Wasser. Gegen die Sonne, die sich tausendfach in den kleinen Wellen spiegelte, schien es, als wandelte Jule auf der Oberfläche. Erst auf den zweiten Blick erkannte Lissy, dass sie auf einer kleinen Holzplattform stand, die dort dümpelte.

»Früher war hier noch ein kleiner Sprungturm, aber das Wasser ist seit Jahren nicht mehr tief genug und die meisten gehen zum Schwimmen jetzt in das große Strandbad im Norden«, sagte Jurij. »Ich helfe dir, dann bist du schneller fertig.«

»Schwimm ruhig«, wehrte Lissy ihn ab. »Du hast die ganze Zeit gearbeitet, die Abkühlung …«

»Quatsch!«, unterbrach Jurij sie. »So ein Floß zu steuern ist doch keine Arbeit. Nicht …«, er geriet ins Stottern, »äh, nicht mit, mit …«

»Außerdem habe ich keinen Badeanzug.«

Ihr schroffer Tonfall trieb Jurij einen tiefroten Schimmer auf die Wangen. Er druckste noch einmal herum, streifte dann aber seine abgeschnittene Jeans ab, zog das gelbe T-Shirt über den Kopf und lief, nur noch mit blau und grün karierten Boxershorts bekleidet, ins Wasser. Nach ein paar Schritten streckte er die Arme aus und beugte ein wenig die Knie.

Lissy sah, wie sich sein ganzer Körper anspannte, zuerst die kräftigen Waden und dann die Oberschenkel, an denen die nasse Unterhose klebte. Jurij katapultierte sich mit ausgestreckten Armen und wie zum Gebet aneinandergelegten Händen Richtung Himmel. Eine Sekunde schien er, gespannt und gekrümmt wie ein zum Schuss bereiter Flitzebogen, über der glatten Oberfläche zu schweben, dann tauchten die Fingerspitzen ins Wasser, schlugen eine Bresche, in der Arme und Schultern und schließlich der ganze Körper verschwanden. Kurz darauf tauchte er mit ruhigen Kraulbewegungen wieder auf. Seine flatternden Beine trieben ihn an, Lissy hörte, wie er die Luft bei jedem zweiten Schlag ausstieß und neue einzog für den nächsten kraftvollen Zug.

An seinem Ziel, der Plattform, auf der Jule ihre nassen Haare auswrang, stützte er seine Handflächen auf und stemmte sich hoch. Einen Augenblick verharrte er so, mit durchgedrückten Armen, an denen das weiche Wasser des sauberen Süßwassersees hinabglitt. Als Jule sich über ihn beugte, um ihm behilflich zu sein, und ihn am rechten

Arm nach oben zog, wandte Lissy sich ab und sprang mit einem weiten Satz vom Floß aufs Land.

Die Kieselsteine piksten sie in die nackten Fußsohlen, aber Lissy trat trotzdem noch einmal heftig in das Geröll, fast als wäre dieser Schmerz noch nicht genug gewesen. Sie humpelte weiter, bis sie sich hinter dem hohen Schilfgras auf den Boden fallen lassen konnte.

Aus der Mitte des Sees drangen Rufe und Kichern zu ihr herüber, plötzlich platschte etwas und Jule kreischte Sekunden später laut. Ein paar Enten stiegen quakend auf.

Lissy robbte sich bis zum Rand des Uferbewuchses vor und sah, wie Jule im Wasser herumplanschte. Jurij stand auf der Plattform und lachte Jule aus. Er zeigte mit dem Finger auf sie, sagte etwas, das Lissy aber nicht hören konnte. Dann ging er ein wenig in die Hocke und bot Jule die ausgestreckte Hand. In Lissy brannte plötzlich etwas, das sie noch nicht kannte. Ihr Herz klopfte schneller, in ihrem Bauch bollerte es und er zog sich zusammen, als träfe gerade eine Pizza mit Extraportion Peperoni in ihm ein. Trotzdem konnte sie ihren Blick nicht vom Treiben auf der Plattform losreißen.

Jule strampelte mit den Beinen, um sich über Wasser zu halten. Mit den Händen strich sie sich die Haare zurück, prustete und lachte den Wenden an. »Mistkerl!«, rief sie scherzend. »Nun hilf mir auch wieder rauf.«

»Na, komm schon«, forderte Jurij sie auf. Er streckte die Hand aus. Gegen das gleißende Sonnenlicht wirkten seine Umrisse wie ein silbrig glänzender Schatten. Auf seinen Schultern, deren Muskeln sich in sanften Wölbungen vom Arm über das Schlüsselbein zogen und in die trapezförmigen Nackenstränge übergingen, schimmerte noch Wasser. Aus seinen Haaren tropfte es immer weiter herunter und perlte über seine braune Haut. Mit einem kräftigen Zug hievte er sie zurück auf die schwankende Plattform, die sich bedenklich neigte.

Einen kurzen Augenblick spielte Jule mit dem Gedanken, Jurij nun ins Wasser zu befördern, nahm aber sofort

wieder Abstand davon. Nur ein paar Sekunden blieb sie dicht vor ihm stehen. Fast berührte ihre Brust seinen Oberkörper.

Jule hatte den Eindruck, dass die Luft um sie herum vibrierte.

Verlegen tapste Jurij von einem seiner nackten Füße auf den anderen und durchbrach die scheinbar ewig dauernde Stille: »Du machst das Federvieh nervös!«, murmelte er und zeigte auf die schnatternden Enten, die sich irgendwo am anderen Ende des Sees ein sicheres Plätzchen suchten.

»Aha«, grinste Jule. »Das Federvieh mache ich also nervös ...« Sie legte sich auf die morschen Holzplanken, setzte die Ellbogen auf, winkelte ein Bein an und drückte den Rücken ein bisschen ins Hohlkreuz. Ihren Kopf ließ sie in den Nacken sinken und schloss die Augen. »Traumhaft«, seufzte sie und genoss die Hitze der Sonnenstrahlen, die das Wasser auf ihrer Haut zu trocknen begannen. Jule wusste genau, dass ihre Figur in dieser Pose am besten zur Geltung kam. Durch den Vorhang ihrer Wimpern, die bei halb geschlossenen Lidern das Sonnenlicht abmilderten, beobachtete sie Jurij.

Er stand immer noch da, hübsch und kräftig, aber in seinen platschnassen Boxershorts, die an seinen Beinen klebten, auch unbeholfen und fast ein wenig verletzlich. Als er merkte, dass Jule ihn beobachtete, setzte er sich eilig hin. Er zog die Knie bis zur Brust und umklammerte die Beine mit beiden Armen.

»Ganz schön einsam«, sagte Jule, »euer Dorf und die ganze Gegend hier.«

»Hm, eigentlich bin ich eh lieber im Wald und auf den Fließen unterwegs.« Er zuckte die Achseln. »Fühl mich nicht einsam.«

»Na ja, viel los ist aber nicht, oder? Ich meine, so mit anderen Leuten.« Jule drehte sich auf den Bauch und stützte das Kinn in die Hände. »Mit Jungs und ... und ... Mädchen?!«

»Och, geht schon, ich hab immer zu tun. Fahre Touristen rum ...« Er lachte. »Und manchmal gable ich auch Floßdiebinnen auf.«

»Ist das schön hier!«, hauchte Jule und rekelte sich wieder auf den Rücken. »Viel bessere Luft als zu Hause!«

Jurij nickte.

»Geile Uhr!«, versuchte Jule das Gespräch in Gang zu halten.

»Ein Geschenk von meinem Großvater. Eigentlich ist es ein Tauchcomputer. Will ich lernen, tauchen, so richtig, Korallenriffe und so.«

»Die findest du hier wohl kaum«, kicherte Jule und ärgerte sich sofort über ihre Bemerkung.

»Du musst uns nicht für zurückgeblieben halten«, reagierte Jurij auch prompt eingeschnappt. »Nur weil wir unsere Traditionen pflegen, sind wir keine Hinterwäldler!« Er sprang auf und suchte mit seinen Blicken das Ufer ab. »Wo ist denn Lissy?«, fragte er.

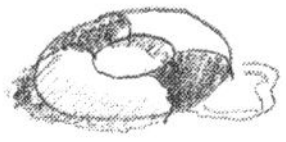

Lissy sah, wie Jurij aufsprang und mit einem weitgezogenen Kopfsprung ins Wasser tauchte. Es schien, als wollte er gar nicht mehr auftauchen, aber da schoss sein Kopf, schon auf der Hälfte zwischen Plattform und Ufer, wieder hervor. Den Rest der Strecke legte er mit ein paar kräftigen Zügen zurück.

Fast hätte Lissy dem Impuls nachgegeben, zum Wasser zu laufen. Doch sie hielt sich zurück. Es reichte, dass Jule um ihn herumscharwenzelte.

»Hey, Lissy, du verpasst wirklich etwas!«, rief Jurij. Er

krabbelte die letzten Meter im seichten Uferwasser an Land.

»Keine Zeit«, patzte Lissy ihn an. »Außerdem müssen wir weiter!« Sie stapfte zum Wasser. »Jule, verdammt, wo bleibst du denn? Wir wollen hier keine Wurzeln schlagen!«

»Immer mit der Ruhe!«, rief Jule aus dem Wasser. Statt sich zu beeilen, drehte sie sich auf den Rücken, platschte mit den Füßen ein wenig herum und ließ sich langsam rückwärts treiben.

»Wir ...«, setzte Jurij an, fuhr aber erschreckt zurück, weil Lissy ihn fast anschrie: »Hast du eigentlich nichts zu tun? Ich denke, euer Dingsbumswettbewerb findet heute noch statt?«

»Ja, nein, ich meine ... falls ihr vielleicht ....«

»Was?«

»Falls ihr vielleicht jemanden braucht, der ...«

»Wir brauchen niemanden!«

Jule trat hinzu. »Lissy! Und wer sagt uns, wo's langgeht?«

»Ich weiß, wo's langgeht!«, blaffte Lissy sie an.

Jurij schaute von Lissy zu Jule und wieder zu Lissy. Er nahm verlegen seine Klamotten und zog sie über seine nasse Haut.

Mit einem Schubs stieß Jule Lissy beiseite. Sie zischte durch die Zähne: »Spinnst du, was ist denn mit dir los? Was motzt du hier rum?«

»Ihr müsst nur an der gegenüberliegenden Seite des Sees wieder in den Strom.«

Der traurige Ton in Jurijs Stimme verriet es: Er freute sich keineswegs darüber, dass sich ihre Wege nun trennten.

»Hab ich gesehen«, murrte Lissy.

»Lissy!«, wurde Jule nun unüberhörbar vorwurfsvoll. »Er hat uns so geholfen.«

»Lissy, Lissy, Lissy!? Komm mir nicht mit *Lissy*! Es hat niemand drum gebeten!«

»Und wie soll er aus dieser verlassenen Gegend wegkommen?«, fragte Jule.

Jurij stand bedröppelt da, aber Lissy drehte sich um, ließ die beiden stehen, ging aufs Floß und kramte geschäftig herum.

»Lass mal, Jule«, sagte er. Er schnappte sich seinen Rucksack und schlüpfte nun auch in seine Sneakers. »Es ist nicht weit bis zur Straße und von da aus komme ich schon zurück, per Anhalter oder so.«

Bevor eines der Mädchen noch etwas sagen konnte, war er auch schon fast zwischen den Bäumen verschwunden, die an die Uferstreifen grenzten. Er winkte im Weggehen noch einmal, ohne sich umzudrehen.

»Jurij!«, flüsterte Lissy eher, als dass sie es sagte, und rief dann: »Danke.«

»Warte!«, rief Jule, aber Jurij war schon im Wald verschwunden.

»Hilf mir, das Floß wieder in den Wind zu kriegen«, forderte Lissy sie auf.

»Wie bitte?«, fragte Jule mit vor Wut bebender Stimme.

»Hast du eigentlich noch etwas anderes im Kopf als dein blödes Floß? Jetzt reicht es mir aber wirklich! – Jurij!?«, rief sie noch einmal.

Lissy hatte schon die Leine gelöst und stakte das Floß, so fest sie konnte, zurück auf den See. Jetzt merkte sie, wie angenehm es gewesen war, dass Jurij die ganze Zeit den Fährmann gespielt und ihr die anstrengende Arbeit erspart hatte.

»Willst du mich hier sitzen lassen!«, fragte Jule und watete durchs Wasser, das ihr bereits fast bis zur Hüfte reichte. Sie warf ihre Sachen auf das Floß und kletterte hinterher.

»Lauf ihm doch nach!«, knurrte Lissy nur.

»Das hättest du wohl gerne. Gib es zu, Lissy, du bist doch nur eifersüchtig!«

»So ein Quatsch! Warum sollte ich eifersüchtig sein?«

»Weil du dachtest, er interessiert sich für dich!«

»Er sollte uns aus dem Gewirr des Waldes bringen, das war alles«, wehrte Lissy ab. Insgeheim musste sie Jule recht geben. Und das machte es umso schlimmer. Jurij war so anders als die Jungs aus der Stadt. Nicht ein einziges Mal hatte er blöde Witze auf Kosten anderer gemacht, nicht rumgeprotzt oder in jedem zweiten Satz eine Anspielung auf »die Titten von der Tussi« oder den »fetten Arsch der Alten« gemacht, wie es aus Matzes Maul in einem fort quoll. Ihr hatte es sogar sehr gefallen, dass Jurij keine Gelegenheit ausgelassen hatte, ihre Aufmerksamkeit zu erregen, und vor allem, dass er sich genau für die Sachen interessierte, die auch Lissy Spaß machten. Wirklich bewusst geworden war ihr das jedoch erst, als es zu spät war und Jule ihre Finger nach ihm ausgestreckt hatte – jedenfalls hatte alles danach ausgesehen.

Lissy setzte das Segel. Sofort gewannen sie an Fahrt. Die Strömung setzte ein und der Abfluss des Sees in den größeren Strom war schon zu sehen. Fast von selbst, unterstützt vom Wind und einer leichten Strömung, trieb das Floß nun in die richtige Richtung.

Lissy ging zum Gegenangriff über. »Das ist doch alles deine Schuld!«

»Wie bitte? Meine Schuld? Was ist meine Schuld?«

»Dass Jurij weg ist. Meinste, ich habe nicht gesehen, wie du dich an ihn rangeschmissen hast?« Ungeduldig zerrte sie an einem Seil, um das Segel fester zu spannen, aber es rutschte nun vollends ab und glitt auf die Planken des Floßes hinunter. »Verdammt!«

»Ich krieg die Motten!«, schnaubte Jule. »Ich glaube es nicht, jetzt schiebst du mir die Schuld zu! Abgesehen davon: Was geht es dich an, an wen ich mich ranschmeiße?«

»Peinlich! Der wollte das gar nicht.«

»Peinlich? Als uns die Jungs abgeschleppt haben, bist du nicht aus Protest daneben hergeschwommen. Da waren dir meine Mittel recht! Glaubst du, dein Gesülze ist besser? Jurij hier, Jurij da ...« Sie äffte Lissy nach: »*Wie soll ich das mit dem Segel machen? – Ich kann den Dingsmistknoten mit zu'nen Augen ...*«

»Das musst gerade du sagen! Du hast doch nichts anderes im Kopf, als dich an jeden Jungen ranzuschmeißen, der nicht schnell genug weglaufen kann!«

»Und hast du nichts anderes im Kopf, als andere vor den Kopf zu stoßen? Kannst du nicht einmal ein ganz klitzekleines winziges bisschen nett zu jemandem sein?«

»Kannst du mich mal sonst wo?« Lissy nahm die Holzstange. Sie versuchte dem Floß mehr Tempo zu geben, um es in den schmalen Übergang zum Fluss zu lenken. Die Stange war zu kurz, das Wasser schon viel zu tief. Wütend warf Lissy sie auf den Boden und ordnete das Segel neu. Ganz nebenbei, fast so, als führte sie ein Selbstgespräch, sagte sie: »Meinst du, ich habe nicht gesehen, wie du dich gerekelt und geaalt hast, um ihm deine«, Lissy holte tief Luft, »deine *Dinger* zu zeigen! Wie ein Flittchen!« Für einen Herzschlag schaute sie Jule triumphierend in die Augen, aber einen weiteren Herzschlag später bereute sie ihre Worte auch schon wieder. Am liebsten hätte sie sie wieder aufgesaugt, es war jedoch zu spät.

Jule trat einen Schritt näher. »Das hat noch nie jemand zu mir gesagt«, wisperte sie. Sie schaute auf den Boden. Als sie den Blick wieder auf Lissy richtete, schwammen ihre Augen in Tränen. Jule packte Lissy, die gerade das Segel straffer spannen wollte, an den Schultern.

Das Tau entglitt Lissy. Das Segel sackte kraftlos in sich zusammen und fiel auf das Deck. »Hey …«, hob Lissy zu einer Zurechtweisung an, doch Jule war das Segel egal.

»Und das sagt auch niemand ungestraft!« Jule schrie den Satz hinaus und schob Lissy bei jedem Wort mit einem Schubs weiter. »Nimm das sofort zurück!« Mit einem letzten Stoß beförderte sie Lissy ins Wasser.

Es ging so schnell, dass Lissy nur noch ein erstauntes »Ich … ich …« hervorbringen konnte, dann schlug sie auch schon auf dem Wasser auf. In ihrem Kopf rasten die Bilder kreuz und quer, das Foto ihrer Mutter, die Videokamera im Kaufhaus, Pop, wie er am Renault schraubte, dann schloss sich das kühle Nass über ihrem Kopf. Wasser drang ihr in die Ohren, die Nasenlöcher, den Mund.

Lissy sank ein Stück hinab, riss die Augen auf und versuchte die Luft anzuhalten. Über ihr waberten die Sonnenstrahlen durch den grünlichen Schein des Wassers. Gerade konnte sie noch das Floß und Jule darauf erkennen, aber sie entfernten sich, entfernten sich immer schneller.

Eine Stimme rief aus weiter Ferne nach ihr. Zuerst verstand Lissy nicht, was sie sagte, aber dann erkannte sie die Weissagung, die die Frau am Feuer ihr gemacht hatte:

»*Doch der Taumel des Sieges, er währt nur kurz,*
keiner bewahrt dich vor dem Sturz.
In blaue Tiefen, ins feuchte Grab
wirst angstvoll du schauen,
doch kannst überwinden nur du das Grauen.«

Endlich erwachte Lissy aus der Starre des ersten Schocks, schlug wild mit Armen und Beinen und katapultierte sich zur Oberfläche.

»Mann, du hast mir aber einen Schrecken eingejagt«, gurgelte Jules Stimme in Lissy randvollen Ohren. »Nun komm da raus!«

Der Versuch, etwas zu antworten, ging in einem kalten Schwall unter, der sofort bis in ihre Lunge, ihren Magen, überall hingespült wurde. »Hilfe … Jule … Hilfe …«

»Ach, Lissy, meinste, darauf fall ich rein?« Jule verschränkte die Arme vor der Brust und tappte mit dem linken Fuß ungeduldig auf die Planken des Floßes.

Lissy spuckte und prustete. Wieder tauchte sie ab, schlug um sich, kam hoch, sackte erneut in die Tiefe und bei jedem Mal nahm sie einen um den anderen unfreiwilligen Schluck Seewasser. »Ich kann nicht …«, presste sie hervor.

Jule wurde unruhig. Sie zog die Augenbrauen zusammen. »Lissy?«, fragte sie. »Hör auf, das ist kein Spaß! Mach keinen Scheiß, Lissy. Du … du … du kannst nicht SCHWIMMEN?!«, schrie Jule plötzlich.

Mehr hörte Lissy nicht. Erneut schloss sich das Wasser über ihr. »Pop«, quetschte ihr Hals noch einmal hervor, »Pop, bitte …«, aber den Rest des Satzes spülte die Strömung davon.

»Teufelsbraten, die beiden Mädels, da könn' Se stolz drauf sein«, sagte der Schleusenwärter. »Einfach so mit einem Floß abhauen, also wirklich!«

Pop war alles andere als stolz. Er war ärgerlich, auf sich, auf Chefinnen und besonders auf Töchter. Wenn er ehrlich war, musste er Frau Rosch von seiner Ärgerliste streichen. Sie hatte schließlich über die Telefonnummer, die bei Lissys Anruf auf sein Handy übertragen worden war, herausgefunden, dass die Mädchen an der Schleuse sein mussten. Sie war ihm in den Stunden des gemeinsamen Wartens sogar ein wenig ans Herz gewachsen. Hinter der schroffen Schale verbarg sich eine warmherzige Frau. Fast erinnerte sie Pop an Lissy, die auch oft nach außen patzig daherkam, aber eigentlich einen liebenswerten, weichen Kern besaß.

Seit Lissys Anruf war seine Chefin deutlich entspannter und hatte sofort das Heft in die Hand genommen. Pop war zum ersten Mal froh, dass sie eine Frau war, die zu schnellen Entscheidungen neigte, auch wenn er diese im Kaufhaus manches Mal verflucht hatte. »Jetzt entwischen sie uns nicht mehr!«, hatte sie auf dem Weg zur Schleuse immer wieder gemurmelt und Pop angetrieben, das Letzte aus seinem alten Renault herauszuholen.

Die Polizei hatte ihm und Frau Rosch wenig Mut gemacht. Abwarten, hatten die Ordnungshüter geraten, viel könne man nicht tun, abwarten und erreichbar sein. Und vielen Ausreißern werde es schon nach ein oder zwei Tagen zu unbequem.

Aber er kannte seine Tochter besser. Lissy gab nicht so schnell auf.

Eigentlich sorgte er sich mehr, als dass er sich ärgerte. Und es schmerzte ihn. Dass seine Tochter einmal vor ihm weglaufen würde, hatte er sich in seinen schlimmsten Albträumen nicht ausgemalt und schlimme Träume hatte er seit dem Tod von Lissys Mutter oft gehabt. »Himmel, Arsch und Zwirn«, platzte ihm nun der Kragen. »Ich will wissen, wo sie hin sind.«

Jules Mutter warf ihm einen anerkennenden Blick zu. Ja, zeig's ihm, stand darin geschrieben.

»Na, *wo* wohl geht's hier mit einem Floß weiter?«, fragte der Schleusenwärter mit einem Blick auf den Fluss. »Sie haben nur ein paar Stunden Vorsprung. Ich habe ein bisschen die Zeit vergessen, weil ...« Er brach den Satz ab, schaute auf die leere Bierdose in seiner Hand und warf sie schnell zu den drei anderen, die auf dem Deck seines Kahns lagen.

»Los!«, forderte Pop Frau Rosch auf und ging zurück zum Auto.

»Damit können Sie's vergessen«, sagte der Schleusenwärter. »Weiter unten gibt's nur noch Trampelpfade am Fluss entlang. Da brauchen sie schon einen Offroader. Oder 'n Kahn.« Er deutete auf den rostigen Kahn, der am Steg dümpelte.

»*African Queen*«, las Elena Rosch den Namen des Boots. »Wie aus dem Film.«

»Das ist kein Kahn, das ist ein Seelenverkäufer!«, stöhnte Pop.

Frau Rosch sprang auf das Boot. »Kann ich ihre *Queen* chartern?«

»Teuer. Das wird teuer«, freute sich der Eigentümer. Er nahm den Strohhut vom Kopf und kratzte nachdenklich seine Glatze. »Sie haben doch bestimmt einen Bootsführerschein, oder?«

Das Kopfschütteln von Frau Rosch verbesserte die Laune noch mehr. »Dann wird es wohl *sehr* teuer.«

»Reicht das?« Pops Chefin zog zwei Scheine aus der Handtasche.

Die beiden Zweihunderter zauberten ein Strahlen auf die Miene des Schleusenwärters. »Das reicht. Und wie das reicht!«

»Dann los«, rief Frau Rosch.

Pop stand auf dem Landungssteg. Das Boot schaukelte hin und her, kickte an das Holz, bewegte sich wieder fort, wackelte und schlingerte, als seine Chefin den Motor anließ. Pop kämpfte mit sich, machte einen Schritt, schreckte zurück. Verzweifelt flüsterte er: »Ich kann nicht.«

Elena holte tief Luft, hob an, um ihn auszuschimpfen, dann glitt ein wohlwollendes Lächeln über ihr Gesicht. Sie schaltete den Motor wieder aus, ging zum Heck des Kahns und reichte Pop beide Hände. »Augen zu und einfach einen großen Schritt machen.«

Pop zauderte, riss die Augen weit auf. Er hatte sich geschworen niemals einen Fuß auf ein schaukelndes Ding wie dieses zu setzen. Andere hatten Panik vor Spinnen. Er vor Booten, Schiffen, einfach allem, was mit Gewässern zu tun hatte, die größer als die Wanne in seinem Badezimmer waren.

»Augen zu. Bitte. Vertrauen Sie mir, Herr Kalikow«, flüsterte Jules Mutter.

Er schloss die Augen.

»Jetzt!«, befahl sie.

Pop sprang, viel zu weit, rempelte seine Chefin an und landete mit ihr auf dem Deck des Kahns. Als er die Augen wieder öffnete, lag Elena Rosch unter ihm.

Sie verzog das Gesicht, aber statt loszupoltern, schlug sie vor: »Na, das ist vielleicht eine gute Gelegenheit, aufs Du umzusteigen. Ich heiße Elena.«

»Ich heiße Pop, äh, also, Jakob. Pop sagt eigentlich nur Lissy zu mir.«

»Okay, Pop«, sie grinste ihn frech an, »dann mal runter von mir und los.«

Während Elena das Boot in die Schleuse und dann weiter den Fluss hinunterlenkte, klammerte Pop sich an dem Dach der kleinen Kajüte fest, die das Steuer umgab. »*African Queen*«, seufzte er mehrmals, als wollte er das rostige Schiff beschwören.

»Das war der Lieblingsfilm meiner Mutter«, schrie Elena gegen das Knattern des Dieselmotors an. »Weißt du, wie die alte Schote ausgeht?«

»Der Kahn geht unter! Und diese Nussschale ist noch älter als mein Auto und der Film zusammen!«

»Mit dem Unterschied, dass *dieser* Motor wie geschmiert läuft«, triezte Elena ihn.

Im selben Moment spuckte der Motor, gab noch ein Röcheln von sich und verstummte.

Elena klopfte an die Tankanzeige. »Mist, leer. Ein voller Tank hätte in den vierhundert Euro aber drin sein können!«, beschwerte sie sich. Sie schaute sich um. »Da, der Kanister, gib her.«

Pop kletterte über ein paar Taue, einen leeren Bierkasten, allerlei Kram und eine Plane, die im Heck des Boots herumlagen. Er versuchte so wenig Angst zu zeigen wie möglich. Er löste einen Spanngurt, mit dem der Kanister befestigt war, und schüttelte den Behälter. Etwas schwappte hörbar darin. »Na, immerhin!«, murmelte er und quälte sich sogar ein Lächeln ab. Seine Nase erschnupperte den durchdringenden Dieselgeruch am Schraubverschluss sofort.

»Der Tank muss da irgendwo sein, wahrscheinlich unter einer Klappe oder so«, dirigierte Elena ihn.

In einer Hand den Kanister haltend zog Pop die Plane weg. Plötzlich wuchs ein feuerroter Schopf darunter hervor. Pop schrie auf.

Ein Junge stand vor ihm.

Pop wich zurück, trat auf eine leere Bierdose, strauchelte, knallte rückwärts an die Reling. Der Kanister in seiner Hand schwenkte hin und her. Bevor Pop das Gleichgewicht verlieren konnte, öffnete er lieber die Hand.

Der Kanister platschte ins Wasser.

Elena seufzte nur leise. »O nein!«

»Tach, Herr Kalikow«, stotterte Tom.

»Was, zum Teufel, machst du hier?«, fragte Pop. »Warst du einer von den Jungs an der Schleuse, von denen der Wärter erzählt hat?«

»Können die Herren sich vielleicht später weiterunterhalten?«, mischte Elena sich ein. »Unser Diesel macht sich gerade aus dem Staub.«

Der Kanister schaukelte auf dem Wasser, sackte ein bisschen ab, kam wieder hoch, trieb immer weiter von der

African Queen weg. Tom zog sein T-Shirt über den Kopf und kletterte auf die Reling.

»Nein, bist du verrückt?«, schrie Pop, aber Tom tauchte schon mit einem Kopfsprung in die Strömung.

Elena feuerte ihn an. »Ja, da, weiter links, gleich hast du ihn!«

Tom erwischte den Kanister, schob ihn zum Kahn und reichte ihn Elena an. Während Pop den Jungen zurück an Bord zog, füllte Jules Mutter den Diesel in den Tank.

»Bist du wahnsinnig?«, schimpfte Pop. Er war völlig außer sich, sein Herz pochte, rote Flecken machten sich auf seinem Gesicht breit.

»Nun lass ihn doch«, beschwichtigte Elena ihn. »Ohne den Jungen würden wir hilflos bis zur Elbe treiben.«

»Er hätte ertrinken können!«

Zaghaft meldete Tom sich zu Wort. »Ich kann doch schwimmen, ich hab schon mit fünf …«

»Das ist völlig egal!«, schrie Pop.

»Es ist doch nichts passiert, das ist ein harmloses Gewässer!«, sagte Elena und warf den Motor wieder an. »Sei nicht so zimperlich!«

Sie hatte den Satz nur so hingeworfen, ganz nebenbei, aber Pop lief knallrot an. Er pumpte seine Lungen schon mit einem tiefen Atemzug auf, ließ dann jedoch die Luft wortlos entweichen und sagte nur leise: »Lissys Mutter ist in einem Baggersee ertrunken, von dem alle behauptet haben, er sei ganz harmlos!«

»Es tut mir leid«, flüsterte Elena.

Stille breitete sich aus. Nur das Tuckern des Motors und ein paar quakende Enten waren zu hören. Schweigend fuhren sie weiter.

Mit der Strömung nahm die *African Queen* schnell an Fahrt auf.

Nach einigen Kilometern hockte Tom sich zu Pop. »Lissy war es nicht, Herr Kalikow.«

»Was?«, fragte Pop. »Was war Lissy nicht?«

»Im Kaufhaus, ich war das!«, gestand Tom zunächst zögernd, dann jedoch brach alles aus ihm heraus und er erzählte Pop von der Sache im Kaufhaus, der Verfolgung des Floßes, dem Kampf in der Schleuse. »Ich bin nur mit Matze gefahren, um Lissy zu helfen, aber irgendwie … irgendwie hat es nicht richtig geklappt. Es geht immer alles schief mit ihr. Dabei …« Er verstummte plötzlich. Seine Ohren glühten noch roter als sonst.

Pop lächelte. »Unsere Lissy macht es einem nicht immer leicht, ich habe da so meine Erfahrungen, das kannst du mir glauben. Eigentlich meint sie es selten so schroff, wie sie es sagt. Du solltest nicht zu früh aufgeben.«

Tom nickte. Verlegen bedankte er sich bei Pop und kletterte zum Bug des Kahns. Dort hielt er Ausschau. Sie waren gerade um eine leichte Biegung des Flusses gefahren, als Tom etwas entdeckte. »Da!«, rief er nach hinten.

Nun sahen es auch Pop und Elena.

»Da!«, rief Tom wieder. Er zeigte nach vorne. »Das Floß!«

Jule hatte keine Sekunde länger gezögert, sondern sich ins Wasser gestürzt. Das Floß war schon ein paar Meter von Lissy abgetrieben, sodass Jule zwei, drei kräftige Züge machen musste, um sie zu erreichen.

Lissy war aufgetaucht, zappelte und strampelte an der Oberfläche. Wild schlugen ihre Arme aufs Wasser, aber je mehr sie sich wehrte, desto gnadenloser schien die Flut sie nach unten zu zerren. Selbst als Jule sich ihr näherte, bei jedem Zug beruhigend auf sie einredend, konnte Lissy ihre Panik nicht beherrschen.

»Hör auf zu zappeln!«, schrie Jule. »Du schlägst mich k. o.!«

Die Angst hatte Lissy fest im Griff. Für den Bruchteil einer Sekunde hielt sie still, gleich darauf schlug sie jedoch wieder um sich, traf Jule am Kopf, stützte sich auf ihre Schultern und drückte sie auch unter Wasser.

Jule befreite sich aus der Umklammerung und schlug fest zu. »Jetzt tu verdammt noch mal, was ich dir sage!«

Die Ohrfeige hallte wie eine Explosion durch Lissys Kopf. Auf der Stelle brannte ihre Wange wie Feuer. Von einer Sekunde auf die andere wurde sie stocksteif, ihr Kopf ragte aus dem Wasser wie eine Säule.

Schnell schlängelte Jule sich hinter sie. Mit einer Hand hielt sie Lissy fest, sodass deren Rücken an Jules Brust Halt fand. Die andere Hand legte sie unter ihr Kinn, damit Lissys Kopf nicht wieder unter die Oberfläche tauchen konnte. Mit gleichmäßigen Stößen sorgten Jules Beine für den nötigen Auftrieb. »Ruhig, Lissy, ganz ruhig, ich habe dich, ich halte dich. Du kannst nicht untergehen.«

»Jule, Jule«, schluchzte Lissy. Sie spürte, dass Jule recht hatte, bei jeder kleinen Welle, die an ihre Wange plätscherte, wogte jedoch die Angst wieder auf.

»Still, schön tief atmen, das gibt Auftrieb!«

Lissy atmete tief ein und tatsächlich, ihr Brustkorb hob sich ein wenig aus dem Wasser.

»Ja, siehst du, alte Piratin. Das ist wie mit den Tonnen am Floß. Auftrieb! Und jetzt hilf mit! Immer schön mit den Beinchen, wie 'n Frosch, mach schon!«

Folgsam zog Lissy beide Beine an und stieß sie wieder kräftig ab.

»Na, geht doch«, feuerte Jule sie an. »Gleich kannst du es alleine!«

»Nicht loslassen!«, flehte Lissy, obwohl sie selbst merkte, dass es immer leichter wurde.

Jule lockerte den Griff ein wenig, drehte Lissy langsam herum und legte die Hand unter ihren Bauch. »Und wenn du das Ganze auf dem Bauch machst und die Arme noch schön bewegst, nennt man das Schwimmen!«

»Nein! Nicht!«, schrie Lissy ängstlich, aber Jule kannte kein Pardon.

»Mach schon!« Jule hatte die Füße auf den schlammigen Grund gesetzt. »Wir sind schon fast am Ufer, die letzten Meter musst du allein machen. Oder hat Matze am Ende doch recht und du bist nur eine *Ische*?«

Zu gern hätte Lissy ihr darauf eine gepfefferte Antwort gegeben, aber sie war zu sehr damit beschäftigt, ihre Arme und Beine in eine gleichmäßige Bewegung zu bringen. Beine strecken, Arme an den Körper ziehen, Beine strecken, Arme an den Körper ziehen, befahl sie ihren Gliedmaßen. »Es geht!«, wisperte sie.

»Es *schwimmt*!«, lachte Jule. »*Du* schwimmst.« Sie zog die Hand unter Lissys Bauch weg.

Sofort wurde Lissy wieder panisch, sackte ein wenig ab. Statt weiter wie ein Frosch die Beine von sich zu stoßen, hielt sie sie für einen kurzen Moment still, kippte nach vorne, schluckte einen ordentlichen Schwall Wasser und schlug wieder schreiend um sich, fand jedoch von ganz alleine wieder in den Ablauf der Bewegungen, den Jule ihr beigebracht hatte.

Zwei alte Damen, die auf gemütlichen Hollandrädern den Uferweg entlangradelten, stoppten. »Braucht ihr Hilfe?«, rief die eine.

Jule winkte ab. »Alles in bester Ordnung!«, antwortete sie.

Die Damen schoben ihre Drahtesel zurück auf den Weg und traten in die Pedale.

»Ja«, rief Lissy ihnen nach. »Alles in allerbester Ordnung!« Sie paddelte weiter mit Armen und Beinen und schwamm einen kleinen Kreis.

Lissy krabbelte an Land. Sie war hin und her gerissen. Die wenigen Züge, die sie geschwommen war, waren wunderbar gewesen – ein völlig neues Gefühl, fast als schwebte sie. Ein Blick auf den Fluss holte Lissy auf den Boden zurück.

»Das Floß!«, rief sie und sprang auf.

Das Floß schwamm führerlos den Fluss hinab.

»Willst du hinterherschwimmen?«, fragte Jule. »Was Matze nicht geschafft hat, hast du hinbekommen – wir sind unser Piratinnenschiff los.«

Lissy und Jule waren dem Weg entlang des Flusses ein ganzes Stück weit gefolgt. Das Floß befand sich immer noch in Sichtweite. Ohne die Kraft des Segels bewegte es sich nur ganz gemächlich vorwärts. Die Mädchen konnten es fast überholen, ohne sich dabei sonderlich anstrengen zu müssen.

»Schwimmen ist das Größte«, beteuerte Jule. »Gleich nach Küssen natürlich!« Sie knuffte Lissy in die Seite und beide brachen in Gelächter aus. Ihr Ärger aufeinander schien mit der Strömung davongespült worden zu sein.

»Und wenn wir hinschwimmen?«, fragte Lissy, als das Floß wieder einmal bis auf einige wenige Meter ans Ufer herantrieb.

»Jetzt wirst du aber übermütig!« Jule schüttelte den Kopf. »Das Risiko ist zu groß. Ich würde es vielleicht schaffen, aber du …? Und ohne dich kriege ich das Ding niemals gesteuert. Wir müssen warten, bis ein Boot kommt oder so.«

Natürlich hatte Jule recht, das war Lissy klar. Sie wanderte schweigend neben ihr her. »Du hast mir das Leben gerettet«, sagte Lissy. Sie sagte es ganz leise und mit Bedacht, denn einen solchen Satz konnte wirklich nicht jeder sagen. »Danke«, fügte sie noch leiser hinzu.

»Nachdem ich dich ins Wasser gestoßen habe! Das war ja wohl das Mindeste!«

»Nachdem ich …« Lissy stockte.

»Was?«

»Na ja, nachdem ich mich total ischenmäßig doof benommen habe!«

Jule lachte.

»Da gibt es nichts zu lachen. Ich war eben …«, es fiel Lissy nicht ganz leicht, dieses blöde Wort auszusprechen, »… eifersüchtig.«

»Oh, Madame muss es zugeben!«, kicherte Jule. »Auch Madame Piratin ist hinter den Jungs her.«

»Bin ich gar nicht! Genau deshalb will ich mit Jungs nichts zu tun haben. Es gibt nur Ärger und am Ende verkracht man sich mit seiner besten Freundin.«

Jule blieb stehen und stemmte die Hände in die Hüften. Sie legte den Kopf zur Seite und sagte eine kleine Ewigkeit lang nichts. Nur die spitzen Pappeln am rechten Rand des Weges rauschten, ein Vogel zirpte herrisch. »Habe ich das gerade richtig verstanden?«, fragte sie dann endlich.

»Hm.«

»Hm? Was heißt das?«

»Na, wenn man sich schon gegenseitig das Leben rettet …«

»… und zusammen ein Floß kapert …« Jule überkreuzte die Arme und fasste Lissy bei den Händen.

»… und durch Zauberwälder schippert …« Lissy packte ebenfalls zu.

Sie lehnten sich beide nach hinten und begannen sich im Kreis zu drehen.

»... und die Jungs abzockt!«

Lissy warf den Kopf in den Nacken. Der Himmel, an dem ein paar wuchtige Wolkenberge aufgezogen waren, weiß und wulstig, drehte sich über ihr. Plötzlich stoppte sie. Jule kam fast aus dem Tritt, löste ihre aus Lissys Händen, stolperte ein paar Schritte vorwärts und warf sich ins Gras, das den Uferweg säumte.

»Ich muss auf das Floß«, sagte Lissy. »Das Bild, es ist im Rucksack.«

»Welches Bild?«, wollte Jule wissen.

»Von meiner Mutter.« Plötzlich beschleunigte Lissy ihre Schritte.

Jule hatte im ersten Moment Mühe, ihr zu folgen. Schweigend wanderten sie ein weiteres Stück am Fluss entlang.

»Was ist mit deiner Mutter?«, traute sich Jule endlich zu fragen.

Nach einer langen Pause sagte Lissy: »Ist gestorben.«

Sie redete nicht gerne über ihre Mutter. Sie hatte kaum noch eine Erinnerung an sie, und immer wenn sie Pop nach ihr gefragt hatte, war dieser so traurig geworden, dass Lissy lieber nicht mehr über sie sprach.

»Gestorben?« Jule legte den Arm um Lissy. »War sie krank?«

Lissy schüttelte den Kopf. Nur langsam rückte sie damit heraus, dass es einen Grund gab, warum sie nie schwimmen gelernt hatte. »Pop, also, mein Vater wollte es nicht, weil Mama ertrunken ist. In einem kleinen Baggersee. Alle dachten, der See sei ganz ungefährlich, aber irgendetwas hat ...« Sie verstummte.

Jule drückte Lissy fest an sich. »Wir holen das Foto. Irgendwie kommen wir schon wieder auf das Floß. Wir müssen es überholen und flussabwärts eine günstige Gelegenheit suchen, eine enge Stelle oder eine Brücke, von der wir hinunterspringen können, oder ein paar Jungs mit einem Schlauchboot oder was auch immer.« Ein gefährliches Glitzern in Jules Augen verriet Lissy, dass ihre Freundin einen Plan hatte. Über Jules Miene huschte ein listiges Grinsen. »Na, sind wir Piratinnen oder nicht?« Sie zeigte auf eine kleine Bank, die vielleicht zweihundert Meter weiter an einer knorrigen Weide stand.

Jemand hatte sie an einem besonders idyllischen Fleckchen, wo der Fluss sich nach Westen bog, aus ein paar Brettern zusammengenagelt. Die beiden alten Damen hatten ihre Hollandräder an den Baum gelehnt und eine Rast eingelegt. Mit geschlossenen Augen genossen sie die nachmittägliche Sonne, die nach und nach an Kraft verlor.

Lissy wollte Jule zurückhalten, denn sie glaubte zu wissen, was sie im Schilde führte. Es war kaum zu glauben, aber aus der geschminkten Blondine mit Dutt und schicken Sandalen war eine verwegene Gestalt geworden: barfuß, mit Zottelmähne und gerade ganz offensichtlich dabei, zwei harmlosen, netten Damen, die nichts ahnten, die Fahrräder zu klauen.

Jule drehte sich um und winkte Lissy heran.

Lissy sträubte sich und schüttelte den Kopf, doch Jule schlich einfach weiter. Sie ließ sich nicht halten, dessen war Lissy sich nun sicher, und als Jule vorsichtig und unbemerkt das vordere Fahrrad an sich zog, warf Lissy alle Bedenken über Bord. Schnell trippelte sie zu dem Baum, schnappte sich das zweite Rad, und ehe die Frauen die Augen aufschlagen konnten, hatten die Mädchen schon einen kleinen Vorsprung auf dem Weg flussabwärts.

»Beschlagnahmt im Namen der Admiralität. Unsere Fregatte wurde gekapert!«, rief Jule.

Lauthals schreiend sprang die dickere Frau auf, lief ein paar Schritte hinter Lissy und Jule her, schrie »Hilfe!« und »Diebesgesindel!«.

In voller Fahrt drehte Lissy sich um und rief: »Ein Notfall … nur geliehen … bringen es zurück …!« Allerdings wusste sie ganz und gar nicht, ob sie dieses Versprechen einhalten konnten.

»Lichtet den Anker und Leinen los,
johoo, hebt auf!
Unser Herz ist so schwarz und die Gier so groß,
johoo, hebt auf!«, grölte Jule aus vollem Hals und trat noch schneller in die Pedale.

»Ja, sie plündern und morden immerzu,
dieser Käpt'n und 'ne wüste Crew.
Ihre Seelen nicht mal der Teufel holt.
Sie bringen jeden um für 'nen Sack voll Gold …«

Die Mädchen sausten den Uferweg entlang und überholten das Floß schnell. Nach ein oder zwei Kilometer stoppte Jule. »Hier!«, sagte sie und sprang von dem Hollandrad.

Der Fluss war an dieser Stelle zwar sehr breit, aber er knickte auch nach links ab. Mit ein bisschen Glück würde die Strömung das Floß geradeaus weitertragen und es dichter ans Ufer treiben lassen, vielleicht sogar so nah, dass sie einfach hinüberspringen konnten.

»Und was machen wir mit den Rädern?«, fragte Lissy. Ihre Stirn war in viele kleine Dackelfalten geworfen, ganz wie bei ihrem Vater, wenn der die Augenbrauen, besorgt über einen von Lissys Streichen, bis zum Haaransatz zog. Ihr war unwohl bei dem Gedanken an die alten Damen. Lissy hatte noch nie etwas gestohlen, nicht einmal leihweise, und sie wusste auch nicht genau, ob man überhaupt etwas *leihweise* stehlen konnte.

»Lissy! Nun mach dir nicht in die Hose. Du steuerst unser Schiff ans Ufer, wir machen es fest und bringen die Fahrräder zurück, okay?«

Mit einem zögerlichen Nicken stimmte sie Jule zu.

Kaum fünf Minuten saßen die beiden am Ufer oberhalb der Flussbiegung, als Lissy das Floß erspähte. In einiger Entfernung schwamm es fast in der Mitte des Stroms. Knapp dahinter tuckerte ein rostiger, alter Kahn, der ihr irgendwie bekannt vorkam.

»Da!«, rief Lissy.

»Aufgepasst!«, gab Jule das Kommando. »Alle Mann bereit zum Entern!«

»Hey, wer ist hier eigentlich der Kapitän?«, murrte Lissy, hatte dann aber keine Zeit, sich weiter Gedanken über die Rangfolge in der Mannschaft zu machen. Sie hatte das Boot, das sich ihrem Floß näherte, erkannt.

»Siehst du?«, hörte sie Jules aufgeregte Stimme, die Lissys Frage einfach überhörte. »Es driftet immer näher zu uns herüber. Und wenn's so nicht klappt, bitten wir die Leute auf dem Schiff um Hilfe!«

»Ich glaube nicht, dass du *diese* Leute wirklich fragen willst!«, sagte Lissy.

Tom hatte das Floß als Erster entdeckt. »Da sind sie!«, rief er laut. »Wir haben sie!«

Pop stolperte über die Plane in der Mitte des Boots zum Bug, wo Tom wie der Harpunier eines Walfängers mit ausgestrecktem Arm nach vorne wies.

Jules Mutter reckte den Kopf aus dem Führerhaus. »Wir haben ihr *Floß*«, murmelte sie und beschleunigte die *African Queen*. »Ich versuche unsere Rostlaube neben sie zu bringen.«

Der Motor des Kahns spuckte und puffte, stieß eine rußige Dieselwolke in den Himmel und tuckerte zügig zu dem verlassenen Gefährt der Mädchen.

»Wo sind sie?«, fragte Tom.

Pops Gesicht hatte alle Farbe verloren. »Vielleicht in dem, dem Ding da in der Mitte?«

Tom schüttelte den Kopf. »Lissy würde das Floß nie führerlos treiben lassen.

Als Elena Rosch an der Längsseite des Floßes den Motor drosselte, sprang Tom schnell und geschickt wie eine Meerkatze hinüber.

Pop rannte zweimal entlang der Reling auf und ab, rief nach Lissy, dann nahm er Anlauf und setzte ebenfalls mit einem weiten Sprung über. Er stürzte auf die Planken, rammte mit der Hüfte das Ruder, das sich löste und ins Wasser glitt. Sofort rappelte er sich auf und riss die Plane des Zeltes zurück. »Verdammt!«, keuchte er.

»Verdammt!«, fluchte nun auch Elena. Der Motor des Kahns röchelte noch ein bisschen, bevor er hustend den Geist aufgab. Sofort driftete das Boot ein wenig von dem Floß weg. Wütend warf sie den Starterhebel hin und her, aber die *African Queen* spuckte und krachte nur noch einmal, um danach keinen Mucks mehr zu tun.

»Die Strömung nimmt zu«, stellte Tom fest, denn das Floß bewegte sich immer schneller von dem Boot weg. Im selben Moment sah er die winkenden und rufenden Mädchen am Ufer. »Lissy! Jule! Da!«, machte er die Erwachsenen auf die beiden aufmerksam.

»Pop auf einem Boot«, entfuhr es Lissy. Sie schüttelte ungläubig den Kopf. Dann jedoch hob sie die Arme, wedelte mit beiden Händen und schrie aus vollem Hals: »Pooohooooop!«

Jule biss sich auf die Unterlippe, als sie ihre Mutter auf dem Kahn entdeckte. »Was macht Tom denn bei denen?«, fragte sie. Sie konnte ebenso wenig wie Lissy glauben, was sich vor ihren Augen abspielte.

Das Floß mit Tom und Lissys Vater trieb schneller und schneller den Fluss hinab, aber es näherte sich keineswegs dem Ufer. Der alte Kahn des Schleusenwärters drehte sich ein wenig gegen die Strömung. Jules Mutter wuselte hektisch im Führerhaus herum und schlug erbost auf das Steuerrad.

»O-oh, da ist dicke Luft, kein guter Zeitpunkt für eine Wiedersehensfeier!«, grinste Jule.

Lissy war nicht nach Scherzen zumute.

Auf dem Floß winkte Tom. Lissys Vater stand neben

ihm, beugte sich bedrohlich weit über die Reling, streckte die Hände aus, als wollte er seine Tochter herüberlocken, und schrie: »Lissy! Lissy!«

»Pop!«, antwortete sie. »Geh von der Reling weg, die ist nicht so fest.«

Pop trat erschrocken einen Schritt zurück und warf einen ängstlichen Blick auf die Reling.

»Komm, Jule!«, rief Lissy. Sie rannte zu den Fahrrädern. Eine plötzliche Erleichterung hatte sich beim Anblick ihres Vaters in ihr breitgemacht. Sie wusste, dass das Wiedersehen mit einer gewaltigen Standpauke und jeder Menge Ärger vonstattengehen würde. Ärger, an dem sie wahrscheinlich noch Wochen, wenn nicht Monate zu knabbern hatte. Andererseits war ihr schon beim Kampf in der Schleuse klar geworden, dass ihre Piratenfahrt immer komplizierter wurde und die Gefahr bestand, dass sie nie bis zur Elbe kamen. Besonders aber ihr Sturz ins Wasser hatte alles für sie verändert.

Mit der ganzen Kraft ihrer Beine, mit dem ganzen Gewicht ihres Körpers, das sie bei jedem Tritt in die Pedale stemmte, trieb Lissy das Fahrrad voran. Jule konnte kaum mithalten. Sie fuhren neben ihren Eltern und Tom her. Als sich das Boot dem Floß wieder bis auf wenige Zentimeter genähert hatte, wagte auch Jules Mutter den Sprung. Herrenlos ließ sie die *African Queen* zurück und landete vor Pops Füßen.

»Lissy!«, rief Pop hinüber zum Ufer. »Oh, Lissy, ich bin ja so froh!«

»Pop! Das Ruder! An der Seite! Ihr müsst mit dem Ruder lenken, hierher!«

Jules Mutter rappelte sich auf. »Das hat der Leichtmatrose über Bord gehen lassen«, sagte sie und knuffte Pop freundlich in die Seite.

Pop überhörte die Bemerkung. »Bist du wahnsinnig, Lissy? Auf einem Floß wegzufahren!«

»Wer fährt denn hier auf einem Floß?« Lissy konnte sich die Bemerkung nicht verkneifen.

Die Mädchen kicherten.

Pop stapfte bis zum Rand des Floßes, wich dann aber ängstlich zurück. »Was gibt es da zu lachen?«

»Komm schon«, mischte sich Elena Rosch wieder ein. »Du verstehst wohl keinen Spaß. Ist doch alles halb so schlimm.«

»Hey, Mama, müssen wir jetzt etwa bis zur Nordsee neben euch herradeln?«, rief Jule.

»Wenn einer absolut keinen Grund für dumme Scherze hat, dann du, Fräulein!«, brauste Elena auf.

»Verstehst wohl keinen Spaß, was?«, zog nun Pop sie auf.

»N-n-n-ein«, stotterte Elena. Mit ausgestrecktem Arm zeigte sie nach vorne. »Von Spaß kann gerade keine Rede sein.« Entsetzen bebte in ihrer Stimme.

»Papa, das Wehr, da!«, warnte Lissy die Besatzung des Floßes.

Im selben Moment wie Elena hatte Lissy das Wehr wenige Meter flussabwärts entdeckt. Keine zweihundert Meter trennten ihre Eltern und Tom noch von der Staustufe, die von einer kleinen Brücke überspannt wurde. Das Tosen des Wassers nahm mit jedem Meter zu und bei der Lautstärke, mit der die Fluten hinabstürzten, schwante Lissy nichts Gutes. Selbst wenn die Holzplattform gerade hinunterglitt und glücklich auf dem Unterlauf aufschlug, würde mindestens der Mast an der Brücke hängen bleiben und abgerissen werden.

»Sollen wir abspringen?«, fragte Tom, der unter seinen Sommersprossen blass und blasser wurde.

Pop starrte wie gebannt auf das nahende Unheil. Die Strömung nahm zu. Das ruderlose Floß drehte sich ein wenig nach links.

»Nein«, sagte Elena Rosch, »dafür ist es zu spät, wir sind zu nah dran. Die Strömung zieht dich weiter, bevor du das Ufer erreichst. Wer weiß, ob dort Fanggitter sind, in die du geraten könntest! Selbst, wenn du schwimmen kannst wie ein Fisch, besteht die Gefahr ...«

Sie drehte sich um. Pop stand stocksteif vor Schreck in der Mitte des Floßes. »Ach du meine Güte«, entfuhr es ihr mit einem besorgten Blick auf ihn. »Gibt es hier einen Rettungsring?«, rief sie den Mädchen zu.

»Nein«, schrie Lissy. Der Rettungsring, an den Matze beim Bau des Floßes zwar gedacht hatte, war beim Kampf in der Schleuse verloren gegangen.

Die Mädchen radelten weiter, so schnell es ging. Lissy erreichte als Erste die kleine, nicht sehr hohe Brücke, von der aus sie in beide Richtungen, flussaufwärts und flussabwärts, schauen konnte. Die Staustufe war mindestens zwei, vielleicht sogar drei Meter hoch. An der Unterseite gab es zwei halbrunde Erhöhungen, vermutlich Abflussrohre, aus grauem Beton. Wer daraufknallte, konnte sich sämtliche Knochen brechen – oder mehr, das war Lissy klar.

Jule keuchte neben ihr. »Das ist lebensgefährlich!«, flüsterte sie beim Anblick des Betons und des rauschenden Wassers, das unten in wilden, weiß schäumenden Kaskaden auftraf, dann aber keine zwei Meter weiter spiegelglatt und harmlos dahinfloss, als wäre nichts geschehen.

»Pop kann auch nicht schwimmen!«

»O nein!« Jule stützte sich mit beiden Händen auf das Geländer. »Was jetzt?«

In Lissys Kopf arbeitete es. Sie nahm mit den Augen Maß, wo das Floß etwa am Wehr ankommen musste, dann legte sie beide Hände wie einen Trichter an den Mund und schrie gegen das Getöse des Wassers an: »Pop, Tom, Frau Rosch! Ihr müsst nach links, auf die linke Seite des Floßes und dann feste abdrücken, wenn es kippt.«

Das Floß war nur noch ein paar Meter vom Wehr entfernt. Pop schaute verwirrt zu ihr hinauf, aber Jules Mutter schien zu verstehen.

»Sie hat recht. Das ist unsere einzige Chance. Wir bleiben auf dem Floß, bis wir an der Kante sind. Kommt, wir fassen uns an den Händen!«, forderte sie Pop und Tom auf.

Sofort ergriff Tom ihre linke Hand.

Pop rührte sich nicht.

»Pop!«, gellte Lissys Schrei von der Brücke.

Im letzten Augenblick ergriff er Elenas Hand. Die Vorderkante des Floßes erreichte das Wehr. Für eine kleine Ewigkeit schien es in der Luft zu schweben, dann kippte es nach vorne. Alles, was darauflag, begann zu rutschen, die Werkzeugkiste, Lissys Rucksack, ein aufgerolltes Tau.

»Jetzt!«, riefen Lissy und Elena Rosch fast gleichzeitig.

Drei lang gezogene Schreie hallten über den Fluss, dreimal platschte es, gefolgt von einem Krachen, als das Floß mit der rechten Kante zuerst auf die Betonrohre schlug. Einen Moment schien es, als habe es den Absturz überstanden, dann aber zerbarst es und löste sich in seine Bestandteile auf. Bretter, Stücke der Reling, Fässer – alles versank im Wasser unterhalb des Wehrs und tauchte erst ein paar Meter weiter aus den Strudeln und Wirbeln auf.

»Pop, Pooooop!«, kreischte Lissy, aber sie sah weder Elena noch Tom noch ihren Vater. »Das feuchte Grab, das feuchte Grab«, stammelte sie. »Bitte nicht …«

Endlich tauchte ein Kopf an der Oberfläche auf.

»Papa«, seufzte Lissy erleichtert auf. Als sie jedoch bemerkte, dass ihr Vater, genau wie sie selbst vor wenigen Stunden, zappelte und schrie und gegen die Fluten kämpfte, verflog alle Erleichterung sofort wieder.

Jule spurtete, immer wieder den Namen ihrer Mutter rufend, von der Brücke und verschwand hinter einem kleinen Backsteinhäuschen. Ein kleiner Trampelpfad führte auf der Rückseite des Gebäudes hinunter zum Ufer.

»Pop! Popilein, bitte … Strampeln, mit den Beinen, nein, wie ein Frosch … Hör auf zu zappeln, das Wasser …«, wimmerte Lissy.

»Li…«, gurgelte Pop und ging wieder unter.

Lissy stieg über das Brückengeländer. Sie klammerte sich, die Gitterstäbe im Rücken, einen Augenblick lang an den Handlauf. Unter ihr schimmerte das Wasser grünblau. Sie schreckte zurück. Angst brannte in ihren Eingeweiden. Sie presste die Augen zu, einen Herzschlag lang zögerte sie noch. Aber sie wusste, dass sie lieber mit Pop untergehen wollte, als alleine zurückzubleiben.

Lissy spannte ihren Körper vom Scheitel bis zur Zehenspitze an. Dreimal sog sie Luft in ihre Lungen, hielt sich mit Zeigefinger und Daumen die Nase zu und drückte sich ab. Mit ausgestreckten Beinen durchstach sie keine drei Sekunden später die Oberfläche des Flusses. Wieder gurgelte und dröhnte es in ihren Ohren. Sie öffnete die Augen. Luftblasen perlten an ihr vorbei dem Sonnenlicht entgegen, das mit jedem Zentimeter, den sie hinabsank, an Kraft verlor. Lissy wartete, bis der Gegendruck des Wassers den Drang ihres Körpers nach unten stoppte. Sofort zog sie die Beine an und stieß sich, so fest es ging, nach oben. Dreimal musste Lissy die Bewegung wiederholen, ihre Lungen begannen schon zu brennen, dann tauchte sie wieder auf und schnappte nach Luft.

»Immer schön gleichmäßig«, betete Lissy sich vor. Fast beschwor sie sich und das Wasser. »Arme, Beine, Arme, Beine, das Wasser trägt dich.«

Sie schwamm zu der Stelle, an der Pop untergegangen war. Hinter ihr platschte es, als Jule vom Ufer kopfüber ins Wasser sprang.

Ein paar Meter unterhalb kämpften Elena und Tom gegen die Strömung.

»Wir kommen!«, rief Tom. »Halt aus, Lissy, ich helfe dir.« Er fischte mit einer Hand nach einer Holzplanke, an der noch eines der Fässer hing, und zog sie an sich.

»Pop, bitte, Pop«, rief Lissy immer wieder. »Du kannst mich nicht allein lassen! Ich mache nie mehr Mist, bitte, Pop …«

Plötzlich tauchte neben ihr ein Haarschopf auf. Pop warf den Kopf zurück, schnaubte, gierte nach Luft, bekam Wasser in die Luftröhre, hustete. »Lissy … bist du verrückt …? Nein …« Er tauchte wieder ab.

Lissy konnte gerade noch seinen rechten Arm ergreifen. Sie versuchte Pop über Wasser zu halten, sackte aber selbst nach unten.

»Ich glaub, da hilft nur geballte Frauenpower, was, Mädels?!«, hörte Lissy eine Stimme hinter sich. Elenas Mutter griff nach Pops Kragen und zog Lissys Vater über die Wasserfläche.

Gleich neben ihr paddelte Jule. »Mann, Lissy, du lernst verdammt schnell!«, keuchte sie, holte nochmals tief Luft und rief: »Tom, du Leichtmatrose, wo bleibst du denn?«

Tom schob mit kräftigen Brustzügen die Tonne heran. Elena, Pop und Lissy klammerten sich daran fest.

Nur Jule schwamm noch einmal ein Stück zurück und

fischte etwas aus dem Wasser. Dann paddelte sie schnell zurück und half Tom und ihrer Mutter, die Planke mit dem Fass zum Ufer zu bugsieren. Auch Lissy strampelte kräftig mit den Beinen. Pop wurde mit jedem Zug, mit dem sie sich dem Ufer näherten, ruhiger.

Nachdem sie an Land gekrochen waren, sanken alle in das verdörrte braune Gras am Uferdamm. Lissy kam es vor wie das sanfteste Ruhekissen in einem plüschigen Himmelbett.

Pop spuckte immer wieder Wasser aus. Die anderen keuchten von Zeit zu Zeit, ohne sich zu rühren. Plötzlich schlug erneut etwas aufs Wasser. Wie auf ein Kommando hoben alle die Köpfe und sahen, wie der alte Kahn des Schleusenwärters auf der Seite gelandet war und langsam voll Wasser lief.

Pop ließ sich wieder ins Gras fallen, schaute zum Himmel und sagte immer noch atemlos: »Ich fürchte, das Boot müssen wir euch vom Taschengeld abziehen.«

»Im Jahr 2020 habt ihr es vielleicht abgestottert!«, ergänzte Jules Mutter.

Ein erlösendes Lachen schüttelte die fünf nassen Gestalten durch.

Elena Rosch sprang auf. »Die beiden Kalikows haben noch ein bisschen was zu besprechen, oder?« Sie forderte Tom und Jule auf ihr zu folgen. »Und die beiden Roschs übrigens auch«, drohte sie Jule schmunzelnd mit dem Zeigefinger.

Bevor die drei sich davonmachten, hielt Jule ein triefen-

des Bündel in die Höhe: Lissys Rucksack. Sie lächelte Lissy an. »Hab doch versprochen, dass wir das Bild deiner Mama retten. Vielleicht ein bisschen nass alles, aber das trocknet wieder!«

Lissy drückte Jule fest an sich. »Danke!«, flüsterte sie ihr ins Ohr. »Danke! Du bist …«, Lissy schluckte, »… besser als jede beste Freundin!«

Als die anderen gegangen waren, setzte Pop sich auf. »Du hast schwimmen gelernt, ja?«

»Hm.«

»Musstest du dafür abhauen?«

Lissy antwortete nicht.

»Hast du mir vielleicht etwas zu sagen?«

Lissy schüttelte den Kopf.

»Du bist ein ganz schön stures Biest.« Pop steckte den kleinen Finger ins rechte Ohr und kippte den Kopf zur Seite, um die letzten Reste des Flusses loszuwerden. »Ich hab mit Tom gesprochen! Er hat mir alles erzählt.«

»Auf Verrat steht der Strick«, sagte Lissy. »Ich wollte Tom nicht reinreiten. Konnte ja nicht wissen, was alles daraus wird!«

Pop nahm Lissy in den Arm und drückte sie an sich. »Ich war ein Idiot. Wie konnte ich glauben, dass meine Piratin etwas im Kaufhaus klauen würde! Es tut mir leid.«

Endlich huschte ein Lächeln über Lissys Gesicht. Dann durchschüttelten sie tiefe Schluchzer. Sie klammerte sich an ihrem Vater fest und presste das Gesicht an seine nasse Brust.

»Hey, du sorgst hier für eine Überschwemmung!« Tröstend wiegte er seine Tochter hin und her. »Trotzdem, Lissy, tu so etwas nie wieder. Es gibt nichts, über das wir nicht sprechen könnten. Außer meine Diensthemden – wenn du die noch einmal anrührst, lasse ich dich kielholen.« Lachend nahm er Lissy bei der Hand und stieg mit ihr den kleinen Trampelpfad hinauf.

Elena, Jule und Tom warteten auf sie.

»Ich habe übrigens noch mal drüber nachgedacht«, sagte Elena. »Über die *African Queen*, den Film. Wie er ausgeht!«

»Der Kahn geht unter, ich bin mir sicher!«, sagte Pop. Er zeigte auf den Fluss, aus dem nur noch die Bugspitze des Bootes ragte.

»Jepp, aber dann heiraten sie.« Elenas Augen blitzten bei diesem Satz.

Lissy und Jule schauten sich mit großen Augen an.

Schon von Weitem konnte Lissy die mächtige Kuppel der Frauenkirche erkennen, die goldgelb in der Abendsonne leuchtete. Leise tuckerte das über fünfzig Meter lange Frachtschiff an dem Bauwerk vorbei die Elbe hinauf.

»Ist sie nicht ein Prachtstück?«, fragte Onkel Fred. »Sie ist mühsam Stück für Stück wieder aufgebaut worden, aber es hat sich gelohnt. – Ein bisschen mehr Backbord!«

Lissy drehte das Steuerrad ein klein wenig nach links.

»Sehr gut«, lobte ihr Onkel sie.

Er stand hinter Lissy und beobachtete den Fluss und die entgegenkommenden Schiffe aufmerksam. Seine Hände lagen auf den Schultern seiner Nichte, jederzeit bereit, das Ruder wieder selbst zu übernehmen. Ein anderer Frachter mit der Aufschrift *Albatros* tutete laut zur Begrüßung. »Zieh an der Schnur«, forderte Onkel Fred sie auf.

Lissy folgte dem Befehl des Kapitäns und schon antwortete das große Signalhorn auf dem Dach des Führerhauses mit einem lang gezogenen Hupen.

»Lissy!«, rief jemand vom Heck des Schiffes her.

Mit einem fragenden Blick schaute Lissy über die Schulter hinweg Onkel Fred an. »Okay, Steuerfrau Lissy«, sagte dieser. »Ich übernehme das Ruder.

Lachend lief Lissy hinaus auf das hintere Deck des Frachters. Pop, Frau Rosch, Jule und Tom saßen dort um einen Campingtisch, neben dem ein Grill rauchte und den würzigen Duft von Grillwürstchen verströmte.

Bevor Lissy das Gesicht verziehen konnte, hielt Jule ihr einen Teller mit einer in Folie gegarter Kartoffel und Kräuterquark hin. »Eine vegetarische Piratenanführerin, das glaubt einem keiner!«, lachte sie und biss selbst in ein saftiges Stück Kotelett.

»Daran solltest du dich gewöhnen!«, erwiderte Lissy und hob bedeutungsvoll die Augenbrauen. Sie rechnete damit, dass Jule und sie in Zukunft häufiger zusammen essen würden.

Pop und Jules Mutter turtelten wie verliebte Tauben. Es war überhaupt keine Frage gewesen, dass das Kaufhaus für die gemeinsame Elbfahrt auf Onkel Freds Frachter sowohl auf einen Wachmann als auch auf die Direktorin verzichten musste.

»Wozu bin ich Chefin?«, hatte Frau Rosch am Tag nach dem unfreiwilligen Bad im Becken des Wehrs gerufen und beschlossen, dass Pop und Tom, den Mädchen und ihr selbst eine ausgedehnte Flussfahrt guttun würde nach all der Aufregung.

Mit dem Pappteller in der Hand ging Lissy nun über den

schmalen Steg an den Frachtluken entlang zur Plattform ganz vorne und ließ sich im Schneidersitz dort nieder. Die kleine schwarz-rot-goldene Flagge flatterte im Fahrtwind, der auch zart durch Lissys Haare strich. Sie hatte ihre Folienkartoffel schon mit Pelle und allem Drum und Dran aufgegessen und eine Zeit lang dagesessen, um ihren Gedanken nachzuhängen, als sich jemand hinter ihr räusperte. Erschreckt zuckte Lissy zusammen.

Tom stand vor ihr. Die letzten Strahlen der Sonne machten aus seinem Haarschopf ein Flammenmeer. Obwohl Lissy gegen das Licht blinzeln musste, sah sie sofort, dass Toms Backen knallrot glühten. »Äh«, stotterte er und räusperte sich drei- oder viermal. »Er hat sie nach dir benannt«, sagte er dann.

Seine Finger zeigten auf einen der Rettungsringe, die an der Reling befestigt waren. Im Halbkreis stand auf den rotweißen Reifen mit großen schwarzen Buchstaben *LISSY* geschrieben.

Lissy nickte. »Onkel Fred hat das Schiff an meinem ersten Geburtstag auf meinen Namen getauft. Da steht's auch.« Sie sprang auf und beugte sich weit über die Reling. »Guck!«

Tom stellte sich ganz nah neben sie. Ihre Arme berührten sich sacht. »*L-I-S-S-Y*«, sprach er den Namen nach, der auch auf der Außenwand des Frachters geschrieben stand. »Ich ...« Toms Stimme stockte.

Lissy spürte, wie er am ganzen Leib zitterte.

»Ich würde mein Schiff auch *Lissy* nennen«, traute er

LISSY

sich nach ein paar peinlich langen Sekunden den Satz zu vollenden. Sein Kopf glühte nun wie eine Grillkohle. Er stieß sich von der Reling ab und rannte schnell zurück zum Heck. Auf halber Strecke kam ihm Jule entgegen, der er mit einem Sprung aus vollem Lauf auswich. Krachend landete er auf einer der Ladeluken, sprang wieder hinunter und verschwand kurz darauf hinter der Kapitänsbrücke.

»Ich muss schon sagen«, grinste Jule, als sie sich neben Lissy an das Geländer lehnte. »Du legst ein ganz schönes Tempo vor, was die Jungs angeht!«

Jetzt wurde es auch um Lissys Nase herum ganz heiß. Sie war froh, dass ihre Freundin nicht sehen konnte, wie sie langsam rot wurde.

Frank Maria Reifenberg, 1962 in der Nähe von Siegen geboren, lebte, bis er zwanzig war, in einem so kleinen Dorf, dass er sich die Zeit einfach mit Bücherlesen vertreiben *musste*. Später wurde er Buchhändler, dann Werbetexter, besuchte die Filmschule und seit ein paar Jahren schreibt er selbst Bücher und Drehbücher. Wenn er beim Schreiben nicht weiterweiß, geht er in Köln am Rhein spazieren – mit seinem wuscheligen Hund Gomez.

Von Frank Maria Reifenberg bei Thienemann u. a. bereits erschienen:

Albertine und das Haus der tausend Wunder
Albertine und die Hüter der Träume
Albertine und der Sternendieb

Reifenberg, Frank Maria:
Mit dem Herz einer Piratin
978 3 522 17861 7

Einband- und Innenillustrationen: Barbara Scholz
Einbandtypografie: Michael Kimmerle
Innentypografie: Bettina Wahl
Schrift: Giovanni book
Satz: KCS GmbH, Buchholz/Hamburg
Reproduktion: Medienfabrik, Möglingen
Druck und Bindung: Friedrich Pustet, Regensburg

4 3 2 1*   07 08 09 10

www.thienemann.de